AF131529

JOHANNES WILKES

Meeting mit Mord

JOHANNES WILKES

Meeting mit Mord

KRIMINALROMAN

GMEINER

Immer informiert

Spannung pur – mit unserem Newsletter informieren wir Sie
regelmäßig über Wissenswertes aus unserer Bücherwelt.

Gefällt mir!

Facebook: @Gmeiner.Verlag
Instagram: @gmeinerverlag
Twitter: @GmeinerVerlag

MIX
Papier | Fördert
gute Waldnutzung
FSC
www.fsc.org FSC® C083411

Besuchen Sie uns im Internet:
www.gmeiner-verlag.de

© 2022 – Gmeiner-Verlag GmbH
Im Ehnried 5, 88605 Meßkirch
Telefon 0 75 75 / 20 95 - 0
info@gmeiner-verlag.de
Alle Rechte vorbehalten
1. Auflage 2022

Lektorat: Claudia Senghaas, Kirchardt
Herstellung: Mirjam Hecht
Umschlaggestaltung: U.O.R.G. Lutz Eberle, Stuttgart
unter Verwendung eines Fotos von: © MMchen / Photocase.de
Druck: CPI books GmbH, Leck
Printed in Germany
ISBN 978-3-8392-0282-1

1. KAPITEL

»Mensch, Manni, jetzt sag doch was!«

Nervös tätschelte der Präsident die bleiche Wange von Freund Dreiheilig, doch Freund Dreiheilig rührte sich nicht mehr. Leblos hing er über dem Pissoir und gab keinen Muckser mehr von sich.

Auch Freund Guttenberg, der sofort zur Stelle war, konnte nichts mehr für Freund Dreiheilig tun.

»Manni ist hinüber«, stellte er nur trocken fest.

Doktor Friedewald Guttenberg war eines der Gründungsmitglieder des *Rotary Clubs* von Mausgesees. Als Landarzt der alten Schule hatte er alles schon erlebt, einen Tod beim Pinkeln allerdings noch nicht.

»Typischer ist ein Dahinscheiden auf der Kloschüssel«, bemerkte er, während er sich mühsam erhob, denn in den Knien schmerzte es, »beim Pressen können verkalkte Blutgefäße reißen.«

Paul Pirkheimer, der Präsident des Klubs, nickte mechanisch und wischte sich über die Stirn. Ein Fluch schien über seiner Präsidentschaft zu liegen, Freund Dreiheilig war nun schon der dritte tote Freund in den letzten zwei Wochen. Und das, wo sie doch nur noch zwölf Freunde waren.

»Elf«, korrigierte ihn der Doktor und drückte dem Toten die Augen zu.

»Natürlich«, murmelte der Präsident. Und von den elf Freunden musste man noch jemanden abziehen, denn dieser Knüllwald, den Pirkheimer nicht mehr seinen Freund nannte, nicht einmal in Selbstgesprächen, schied definitiv aus, und zwar für immer. Zehn Freunde also nur noch.

2. KAPITEL

Mausgesees war ein Dorf im Süden der Fränkischen Schweiz, etliche hügelige Kilometer von Nürnberg und Erlangen entfernt und damit ein gutes Stück außerhalb des sogenannten Speckgürtels, der sich um die Frankenmetropolen spannte. Touristen verirrten sich nur selten nach Mausgesees. Ehemals soll es einen Sommersitz einer Nürnberger Patrizierfamilie gegeben haben, Überreste aber sucht man bis heute vergebens, auch hat wohl nie ein Kirchturm den Dorfhimmel gekitzelt. Eine historische Scheune aus dem späten 17. Jahrhundert (manche behaupteten, aus dem frühen 18. Jahrhundert) und ein Wohnstallhaus unbestimmten Alters, das waren die Sehenswürdigkeiten des Ortes, der nur einmal in seiner Geschichte an der 100-Einwohner-Marke gekratzt hat.

Neben der örtlichen Feuerwehr waren es maßgeblich die Mausgeeser *Rotarier*, die das soziale Leben prägten. Allerdings plagte den Klub zunehmend ein Nachwuchsproblem. Zwar gab es durchaus den einen oder anderen Kandidaten in der kleinen Gemeinde, der eine aber schien nicht so recht zu ihnen zu passen, der andere schloss sich lieber einem der nahen rotarischen Nachbarklubs in Nürnberg oder Erlangen an, wohl, weil er das schicker fand. So war der *Rotary Club Mausesees* von ehemals stolzen 30 Mitgliedern über die Jahre geschrumpft, der aktuelle Verlust von drei Freunden schmerzte deshalb umso mehr.

»Und alle an einem Mittwoch«, raunte Freund Hufschnabel, der erfolgreiche Banker, dem Präsidenten zu, als sie im Nebenzimmer des *Grünen Baumes* saßen und ihre Suppe löffelten. Nachdem der Bestatter sein trauriges Handwerk verrichtet hatte, hatten die Freunde einmütig beschlossen, dem tragischen Ereignis zum Trotz nicht auf das Mittagessen zu verzichten, erstens weil es Freund Dreiheilig nicht anders gewollt hätte, und zweitens, weil man elf Schäufele nicht wegwerfen durfte, ohne dass einem der liebe Gott zürnte.

»Zehn Schäufele«, flüsterte Freund Guttenberg dem Präsidenten zu, worauf dieser betrübt nickte.

Der Mittwoch war ihr Tag. Jeden Mittwoch trafen sich die Mausgeseeser Rotarier zum Meeting, immer um 12 Uhr, immer im *Grünen Baum*. Nach der Begrüßung durch den Präsidenten, der jedes Jahr wechselte, wurden die Regularien besprochen, die anstehenden Geburtstage etwa, die Einteilung für den diesjährigen

Weihnachtsmarkt, wenn man Lose zugunsten benachteiligter Mitbürger verkaufte, die Ankündigung des nächsten Governorbesuchs oder wann man endlich über die Aufnahme von Frauen abstimmen wollte. Dann folgte das Dreigängemenü, das in seiner Grundform stets aus Hochzeitssuppe, Schäufele und Apfelkringeln bestand. Schluss und Höhepunkt des Meetings bildete der Vortrag, der meist von einem der Mausgeseeser Freunde gehalten wurde, selten auch von einem hinzu gebetenen Gast, das aber immer erst beendet war, wenn Freund Thürauf seine letzte Frage gestellt hatte. Freunde waren die Rotarier nicht nur im Geiste, mit »Freund« sprachen sie sich auch an oder besser, bezeichneten so ein Klubmitglied, über das sie sprachen, denn die meisten waren im persönlichen Verkehr längst zum Du übergegangen, bis auf den Klubmeister, der konsequent siezte und gegengesiezt wurde und deshalb auch in der direkten Anrede für alle stets Freund Hufschnabel war und blieb. Ob es an seinem Beruf lag? Während überall die Duzerei grassierte, ging es im Bankgewerbe weiter förmlich zu.

Üblicherweise kehrte man zur Mittagsstunde ein, an jedem zweiten Mittwoch im Monat aber traf man sich zur Abendzeit. Dann waren auch die Damen eingeladen, und man achtete sorgfältig darauf, ein Vortragsthema zu finden, das die besonderen Interessen der Weiblichkeit berücksichtigte. Auch die Witwen waren willkommene Gäste, und so zog Klubsekretär Freund Thürauf mit dem Eintreffen der Todesnachricht in der ihm eigenen Gründlichkeit rasch einen Strich durch den Namen des so tragisch auf dem WC verstorbenen Freundes Dreiheilig und beschloss, dessen Frau Gunda nach ihrer eigenen E-Mail-Adresse zu fragen.

»Alle an einem Mittwoch …« Diese Worte klangen dem Präsidenten noch im Ohr, als bereits das Schäufele serviert wurde und ein magischer Duft den Raum durchzog. Immer wieder mittwochs … Freund Hufschnabel hatte recht, nicht nur wegen seines teuren Anzugs aus edlem Zwirn. Ein Mittwoch ist es gewesen, als es vor zwei Wochen Freund Kunreuther erwischt hatte. Der betagte Seniorbauer aus dem benachbarten Kleingesees hatte es zum Unmut seiner Frau nicht lassen können, nach seiner Beinamputation, er ist ein leidenschaftlicher Raucher gewesen, weiter auf dem Hof mit anzupacken, und war zur schönsten Vesperzeit in die Güllegrube gefallen, was im Klub allgemein als kein schöner Tod beklagt worden war. Zumindest muss der Todeskampf kurz gewesen sein, hatte Freund Guttenberg festgestellt, wodurch die unangenehm olfaktorische Komponente etwas abgemildert worden sei. Immer wieder mittwochs … Mittwoch letzter Woche war Freund Dotterweich von ihnen gegangen. Der Tod des pensionierten Amtsrichters war jedoch nicht wirklich überraschend gekommen, hatte Timotheus, von den Freunden liebevoll »Dimmy« genannt, doch schon seit über einem Jahr auf der Pflegestation eines Erlanger Altenheims gelegen, durch einen Schlaganfall gelähmt und sprachlos, wodurch er auch von der Präsenzpflicht bei den Meetings befreit gewesen war, über die genau Buch geführt wurde.

Nachdem die Apfelküchle verzehrt worden waren, erhob sich der Präsident und räusperte sich. Heute müsse der Vortrag leider ausfallen, sagte er, was auf allgemeine Zustimmung stieß, auch wenn das Thema *Neue Entwicklungen im Sanitärbereich unter besonderer Berücksichtigung des älteren Menschen* in Bezug auf die räumlichen Umstände von Freund Dreiheiligs Dahinscheiden nicht völlig unpassend erschienen wäre. Der vorgesehene Referent, Freund Stanglmaier, Inhaber eines größeren Installationsgeschäftes in Fürth, war sofort bereit, auf einen späteren Termin auszuweichen. »Selbstverständlich!«, sagte er, um danach dreimal zu hüsteln, eine Angewohnheit, die er sich vor einigen Jahren zugelegt hatte. Auf diese Weise könne er den Vortrag zudem noch um den Punkt Badewannen mit Einstiegshilfe ergänzen, die neueste Innovation im sanitären Bereich. Mit stillen Grüßen ging man auseinander.

3. KAPITEL

Die schönste Stunde des Tages war für Freund Guttenberg stets der nächtliche Spaziergang mit seinem Dackel
Ringo. Erst wenn die Sonne untergegangen war, verließ der Doktor das Haus. So sehr er auch mit ganzem
Herzen Landarzt war, vermutlich der letzte, den es in
Mausgesees geben würde, bei seinem Abendspaziergang
wollte er allein sein und sich mit niemandem unterhalten müssen. Als Arzt war man einfach überkontaktet.
Im Grunde war eine solche Menge an täglichen Begeg-
nungen, wie sie ein Hausarzt hatte, nicht zu ertragen.
Da brauchte es einen vernünftigen Ausgleich, um wie-
der zur Ruhe zu kommen, und diese Ruhe fand Freund
Guttenberg am besten beim nächtlichen Gassigehen mit
Ringo. Den Dackel hatte er von ihrem verstorbenen
Freund Wiggerl übernommen, Jahre her. Wiggerls Tod
steckte allen noch in den Knochen, man sprach nicht
einmal mehr darüber, so furchtbar ist alles gewesen.

Auch heute drehte der Doktor wieder seine immer-
gleiche Runde, hinaus aus dem Ort, den schmalen
Feldweg hinauf bis zur Anhöhe, von der aus man weit
in das gekrümmte Flusstal hineinsah, auf der gegenüberliegenden Seite die Burg Falkeneck mit ihren drei
markanten Türmen. Freund Guttenberg nannte den
nächtlichen Gang mit der ihm eigenen Selbstironie seinen Philosophenweg, weil er dabei so schön seinen
Gedanken nachhängen konnte. Am Waldesrand spa-

zierten Herr und Hund weiter, in einer großzügigen Runde wieder nach Mausgesees zurück. Immer, wenn sie das Feldkreuz am Wald erreichten, hob Ringo sein Bein und pinkelte dagegen. Anfangs hatte der Doktor ihn weggezogen und streng ermahnt, aber Dackel sind beharrlich und haben ihren eigenen Kopf, und so hatte Freund Guttenberg schließlich seufzend resigniert, die Religionskritik, die sich im Verhalten seines Hundes ausdrückte, billigend in Kauf nehmend. Seine Frau Margarete hätte ihn dafür sicher streng gescholten. Jeden Sonntag hatte sie den Gottesdienst im benachbarten Heroldsberg besucht, und wenn er keine gute Ausrede gefunden hatte, hatte er sie begleiten müssen. Nun war seine Gretel schon fünf Jahre tot. Die erste Zeit ist furchtbar gewesen. Auch wenn sich ganz Mausgesees und besonders die rotarischen Freunde rührend um ihn gekümmert hatten, er hatte all die guten Gaben, die man ihm vorbeigebracht hatte, gar nicht verzehren können, seine Gretel war doch durch nichts zu ersetzen. Dass er die frühen Symptome des Tumors nicht erkannt hatte, diese Wunde wollte nicht verheilen. Er hatte ihre Müdigkeit und Abgeschlagenheit als Alterssymptome gedeutet, wohl auch als Kummer darüber, dass ihnen keine Kinder und Enkel vergönnt waren. Erst als Gretel immer weiter abgenommen hatte, als die Sache mit dem Blut passierte, war er mit ihr zu einem befreundeten Spezialisten ins Erlanger Universitätsklinikum gefahren. Da war alles schon zu spät. Nie wird er das traurige Kopfschütteln vergessen, mit dem sein Kollege ihm das Ergebnis seiner Diagnostik mitgeteilt hatte.

Sie hatten noch manches versucht, eine Operation mit anschließender Chemotherapie, sogar eine alternativ-medizinische Behandlung – es hatte ihr Sterben nicht verhindern können. Ein Jahr nach ihrem Tod war die Sache mit Wiggerl passiert, und er hatte Ringo bei sich aufgenommen, und selbst wenn er das aus Scham keinem anderen gegenüber zugegeben hätte: Der Dackel war ihm der beste Trost in dieser Zeit.

Auf der nächtlichen Runde kam der Doktor auch durch die Mönau, einen kleinen Wiesengrund unten am Flüsschen. Die alte Mühle drehte sich schon lange nicht mehr. Freund Knüllwald hatte sie gekauft und aufwendig und nach allen Regeln des Denkmalschutzes renovieren lassen. Nun war Knüllwald mit seiner Jacht auf den Weltmeeren unterwegs und mit ihm Anne, der Frau des Präsidenten. Nur selten sprach man über diesen Skandal, erst recht nicht im Klub und wenn Freund Pirkheimer in der Nähe war. Hinter vorgehaltener Hand aber brach sich die Empörung Bahn. Das machte man doch nicht, erst recht nicht, wenn es sich um die Frau eines rotarischen Freundes handelte, welcher Teufel Freund Knüllwald wohl geritten hatte? Jeder Rotarier legte bei der Aufnahme vor den Freunden ein feierliches Gelöbnis ab. Dabei sollte er sich bei allem, was er tat, von vier Fragen leiten lassen: Ist es wahr und aufrichtig? Ist es fair für alle Beteiligten? Dient es der Freundschaft? Wird es dem Wohl aller Beteiligten dienen? Alle vier Fragen waren, wenn man es genau besah, in diesem Falle klar zu verneinen. Sich die Frau eines Freundes zu schnappen, war kaum aufrichtig zu nennen, von Fairness konnte gleichfalls keine Rede sein, die Freundschaft drohte es zu zerstören, und es diente höchstens dem eigenen Wohl. So gesehen hätte man allen Grund gehabt, Freund Knüllwald nahezulegen, den Klub zu verlassen. Warum man sich nicht entschließen konnte, es zu tun, war nicht genau zu sagen. Wahrscheinlich lag es an Freund Pirkheimer. Solang sich Paul nicht öffentlich beschwerte, solang er nur still für sich litt, solang bot sich kein Anlass. Und noch etwas anderes kam hinzu. Im Freundeskreis mied man, wenn irgend möglich, peinliche oder problematische Themen. Das war zwar wiederum nicht unbedingt wahr und aufrichtig, andererseits aber diente es der Freundschaft und war darum nicht un-rotarisch zu nennen.

Freund Guttenberg hatte den schmalen Holzsteg erreicht, unter dem der Dorfbach gurgelte, als sein Dackel plötzlich stehen blieb, zur Mühle hinübersah und leise zu knurren begann. Der Doktor beugte sich über das Brückengeländer und sah im ersten Stock hinter einem der Fenster Licht. Die Gardinen waren zugezogen, schemenhaft sah er zwei Schatten, die sich zu einem vereinten, dann wurde das Licht gelöscht. Atemlos blieb der Doktor stehen. Wie ein Einbruch wirkte das Ganze nicht. Hatte Freund Knüllwald sein Haus untervermietet? Ein ganzes Jahr wollte er auf Segeltour sein, rund um die Welt. Vielleicht hatte er den Hausschlüssel Verwandten zur Verfügung gestellt. Unschlüssig blieb Freund Guttenberg noch ein Weilchen stehen. Als sich nichts mehr rührte, beschloss er, nach Hause zu gehen. Freund Knüllwald konnte schließlich mit seinem Haus tun und lassen, was er wollte.

4. KAPITEL

»Womit habe ich das verdient?« Der Novemberwind trieb fette Wolken übers Land, als sich Präsident Pirkheimer mit seinem Schirm zum Grab vorkämpfte, es schüttete wie aus Kübeln. Pirkheimer konnte sich nicht erinnern, dass einer seiner Vorgänger im Amt jemals so oft zu einer Beerdigung gemusst hätte, selbst zu den übelsten Coronazeiten nicht. Zählten Beerdigungen an sich schon zu den unangenehmen Lebenspflichten, so erst recht, wenn es sich bei dem Toten um einen rotarischen Freund handelte. Warum nur bediente sich in Mausgesees niemand der Formel: »Von Beileidbezeugungen am Grab wird gebeten, Abstand zu nehmen?« Beileid, was für ein schreckliches Wort, antiquiert und verlogen zugleich. Was sollte denn das auch heißen, wie sollte man mit jemandem beileiden? Mitleiden war schon selten und schwer genug, sich herzliches Mitleid zu wünschen aber ging natürlich erst recht nicht. Wenn wenigstens Anne noch bei ihm wäre …

Pirkheimer hatte den Rand der Grube erreicht. Nur stockend ging ihm der Beileidsgruß über die Lippen. Kunigunda Dreiheilig nahm ihn mit tränenfeuchten Augen stumm entgegen. Pirkheimer war froh, dass ihn seine rotarischen Freunde nicht im Stich gelassen hatten: Freund Stanglmaier sah er mit Gattin Gisela, einer eleganten Erscheinung mit den Augen einer ägyptischen Gottheit, Freund Hufschnabel und Freund Gensekiel, den Apotheker, an der Seite seiner Frau Christine. Auch die Witwen Kunreuther und Dotterweich waren gekommen. Sie bildeten eine kleine Gruppe, die etwas abseits stand. Erleichtert gesellte sich Pirkheimer zu den Freunden, sie mit einem stillen Nicken grüßend, das zugleich sanften Schmerz, aber auch freundschaftliches Einvernehmen signalisieren sollte. Freund Thürauf, der Klubsekretär, griff in die Innentasche seines Wintermantels und zog einen funkelnden Gegenstand hervor, den er dem Präsidenten unauffällig in die Hand drückte.

Die Beerdigungsgesellschaft schwoll zu einer stattlichen Größe an. Freund Dreiheilig, der honorige Kaminkehrmeister, entstammte einer kinderreichen Familie, alle zehn Geschwister lebten noch, sie allein hätten mit ihren Frauen und Kindern die Runde um das Grab komplett gemacht. Mehr Gäste allerdings noch hatten Freund Kunreuther, den Seniorbauern aus Kleingesees, bei seinem letzten Gang begleitet, zwei Wochen war es her. Der Parkplatz war mit schweren Allradwagen besetzt gewesen, alle mit fetten Lehmspritzern verziert, war Kunreuther doch zugleich ein passionierter Jäger. Auf manchem Trauergasthut hatte keck der Gamsbart gewippt, und als am Grab die Hörner das letzte Halali anstimmten, etwas schief, jedoch ergreifend schön, war kein Auge trocken geblieben.

Hatten alle über die kunstfertigen Särge gestaunt, in denen Freund Kunreuther und Freund Dotterweich zur letzten Ruhe geschaukelt worden waren, so rief auch das Holzgehäuse von Freund Dreiheilig einhellige Bewunderung hervor. In den Rahmen aus Eiche hatte man Intarsien eingearbeitet, dekorative Muster, von denen eines ein Zahnrad zeigte, das Erkennungszeichen der Rotarier, das die Absicht aller Klubmitglieder symbolisierte, sich als nützliche Rädchen im Getriebe der Welt zu drehen. Der Sarg war ein Meisterwerk gediegener Handwerkskunst, keine Massenware, kein Made-in-China, sondern ein echtes Unikat. Sein Schöpfer war niemand anderes als der Beerdigungsunternehmer höchstpersönlich, Georg Himmelreich, ein hagerer Mausgeseeser um die 50, dessen imposanter Schnauzbart an den Enden zu kleinen Schnecken gezwirbelt war. Tag und Nacht muss Himmelreich nach der Todesnachricht in seiner Schreinerei gewerkelt haben. »Was das Ding wohl gekostet haben mag«, hörte man es da und dort leise raunen. Die Rotarier unter den Trauergästen konnten über solche Bemerkungen nur schmunzeln. Nicht nur für den Sarg, sondern für die ganzen Beerdigungskosten inklusive des anschließenden Leichenschmauses kam ein Sonderkonto der Rotarier auf. Eingerichtet hatte es vor vielen Jahren Freund

Oberhofer, ein Unternehmer aus Österreich, den es im Alter aus nicht genau geklärten Gründen nach Franken verschlagen hatte. Als er Zeuge der ersten Beerdigung in seiner neuen Mausgeseeser Heimat wurde, liefen ihm die Augen über. »Naa, naa ... dös is ka schöne Leich«, soll er wieder und wieder gesagt haben, worauf er eine üppige Stiftung getätigt hatte, deren Auftrag es war, jeden verstorbenen Freund würdevoll zu Grabe zu tragen. Mittlerweile lag Oberhofer selbst schon auf dem Mausgeseeser Friedhof, in einem Sarg aus marmoriertem Bergahorn, sein Erbe aber wirkte immer noch segensreich nach.

Auch der blitzende Gegenstand, den Klubsekretär Freund Thürauf dem Präsidenten zuschob, stammte aus dem Spendenfond von Freund Oberhofer. Es war ein rotarisches Zahnrad aus purem Gold, die letzte Liebesgabe der Freunde. Pirkheimer würde es dem Sarg hinterherwerfen, aber erst, wenn alle gegangen waren, denn dieser letzte Gruß, so lieb er gemeint war, war ihm mehr als unangenehm, erstens, weil das handtellergroße Rad so schwer war, dass es auf dem Sarg unangenehm laut aufschlug, und zweitens, weil ihm die eigens von Freund Oberhofer gedichtete und vom Präsidenten aufzusagende Abschiedsfloskel nur schwer über die Lippen glitt: »Drehe dich weiter/Zahn um Zahn/drehe dich weiter/zum Himmel hinan.«

5. KAPITEL

Der Leichenschmaus wurde nicht im *Grünen Baum* eingenommen. Der Mausgeseeser Dorfgasthof war dem verstorbenen Freund Oberhofer wohl zu minderwertig erschienen, zumindest als Ort des letzten Abschiednehmens, stattdessen schlängelte sich die Wagenkolonne ins nahe Heroldsberg, wo sich die *Leckerei* befand, ein Lokal der gehobenen Spitzenklasse. Livrierte Kellnern und Jimmy »Chicken« Malzan persönlich, der Küchenchef und Betreiber des Edelschuppens, empfingen die Gäste mit einem Sektkelch Holunderschampus. Holunder symbolisierte nach Meinung von Freund Oberhofer die Ewigkeit, überhaupt hatte es Freund Oberhofer mit den bedeutungsschwangeren Ritualen, so musste zur Nachspeise immer Engelscreme gereicht werden, eine Süßspeise aus dem entlegenen steirischen Bergdorf, in dem Freund Oberhofer als uneheliches Kind einer Milchbäuerin zur Welt gekommen war. Nicht durchsetzen können aber hatte sich der gute Oberhofer mit dem Wunsch, statt von einer Beerdigung bei rotarischen Freunden von einer Auferstehungsfeier zu sprechen. Eine solch revolutionäre Umbenennung hätte die lieben Mausgeseeser überfordert.

Ganz gegen seine Gewohnheit stürzte Präsident Pirkheimer das gereichte Glas rasch hinunter, sich dabei hilfesuchend nach seinen rotarischen Freunden umschauend. Wie gerne hätte er seinen Freund Guttenberg an der Seite gehabt, doch der Doc ging aus Prinzip auf keine Beerdigung, eine Berufskrankheit, für die man Verständnis haben musste. Kannte man einen Autohausbesitzer, der zu Abwrackplätzen ging, oder einen Feuerwehrmann, der abgebrannte Häuser besuchte? Jedes Ding hatte seine Zeit. Besser war's, man konzentrierte sich auf die Sachen, die man beeinflussen konnte.

Für die Rotarier war wie stets ein eigener Tisch reserviert, wofür man dankbar war. Pirkheimer nestelte einen Zettel aus dem Jackett und warf dann und wann einen Blick darauf. Er war kein großer Redner und benötigte Notizen mit den wichtigsten Stichworten. Auch deshalb hasste er Beerdigungen. Es war üblich, dass der Präsident nach dem Hauptgang, der oft aus gefüllten Wachteln bestand, die mit Blättern von Himmelschlüsseln gewürzt wurden, ein paar Worte an die Trauergemeinde richtete und an die Verdienste des Verblichenen erinnerte. Unstrittig lagen diese Verdienste bei Freund Dreiheilig vor, sehr umfangreiche Verdienste sogar, dennoch erschien es Pirkheimer überflüssig, daran erinnern zu müssen. Wie bei den vergangenen beiden Beerdigungen kam er sich vor wie ein Schulleiter, der bei einer Abschlussfeier vom Pult herab Noten zu verteilen hatte. Verdammt, ja, Dreiheilig hatte kein Jahr am Weihnachtsstand der Rotarier gefehlt und Lose verkauft, stets hatte der Bezirksschornsteinfeger das neueste Kaminwissen uneigennützig an alle Freunde weitergeleitet und die rotarischen Schlote nicht nur mit äußerster Sorgfalt gefegt, sondern nach der staubigen Arbeit immer noch Zeit für ein Schnäpschen gefunden, das er auf das Wohl des Hauses geleert hatte. Auch mochte er vielen Glück gebracht haben, die ihn halb scherzhaft, halb abergläubisch am Ärmel gezupft hatten, warum aber musste er, Pirkheimer, all das noch einmal vor allen ausbreiten, noch dazu vor einem ihm größtenteils fremden Publikum? Was konnte man denn Großartigeres über einen Verstorbenen sagen, als dass er ein Mensch gewesen sei? Reichte das denn nicht aus? In diesem Moment verspürte Pirkheimer, der ansonsten ein lebhafter Verfechter des Leistungsgedankens war, ein Grummeln in den Gedärmen, und es befielen ihn Zweifel am Sinn seiner Leichenrede. Und er spürte schmerzlicher denn je, wie sehr er seine Anne vermisste.

»Versprecht mir, dass wenigstens ihr während meiner Amtszeit nicht die Löffel abgebt«, flüsterte er in einem Anflug von Sarkasmus seinen Sitznachbarn zu, und seine rotarischen Freunde versicherten ihm eilfertig, sie würden alles tun, um am Leben zu bleiben.

6. KAPITEL

Es war Nacht geworden. Als Freund Guttenberg bei seinem allabendlichen Spaziergang mit seinem Dackel Ringo wieder durch die Mönau kam und dabei den kleinen Brückensteg passierte, musste er wieder zur Mühle hinüberschauen. Dort aber war alles dunkel, auch im Fenster des ersten Stocks, das man erst erblicken konnte, wenn man sich über das Brückengeländer beugte, war heute kein Licht zu erkennen. Ob Freund Knüllwald tatsächlich untervermietet hatte? Vielleicht war es auch die Zugehfrau gewesen, die gelegentlich nach dem Rechten sah, vielleicht hatte sie ihren Freund mitgenommen. Und weil auch sein Dackel nicht mehr knurrte, setzte der Doktor seinen Spaziergang fort. Was war wohl schlimmer, dachte sich Freund Guttenberg, wenn einem die Frau wegstarb oder wenn sie einem weglief. Darüber hatte es in der Romantik einen Streit zwischen zwei Dichtern gegeben, zwischen Ludwig Uhland und Friedrich Rückert, der im nahen Erlangen Professor gewesen ist. Uhland war der Meinung, besser eine tote Frau, als von ihr betrogen zu werden, Rückert aber dachte anders. Beide verfassten sie ein Gedicht, um für ihren Standpunkt zu werben. Rückert hatte den Doktor besser überzeugt. Wurde man von einer Frau verlassen, bestand doch immerhin noch die Chance, dass sie es sich anders überlegte und reumütig zurückkehrte. Eine tote Frau aber war für immer tot. So gesehen war Freund

Pirkheimer direkt zu beneiden, dachte sich der Doktor, auch wenn seine Anne auf und davon war, ihm blieb noch eines: die Hoffnung auf ein glückliches Wiedersehen. Ein schmerzliches Lächeln umspielte seine Lippen. Und was blieb ihm? Wenn er's genau besah, eigentlich nur seine rotarischen Freunde. Und natürlich Ringo! Ächzend beugte sich der Doktor nieder und tätschelte seinem Dackel den Kopf.

7. KAPITEL

In derselben Nacht lag Präsident Pirkheimer noch lange wach. Eigentlich konnte er seit einem halben Jahr nicht mehr richtig schlafen, seitdem seine Frau Anne durchgebrannt war, mit Knüllwald, diesem Halunken. Zwar hatte sich Pirkheimer schon vorher mit dem Einschlafen schwergetan, besaß seine Frau doch die Angewohnheit, im Bett eine *Netflix*-Folge nach der anderen anzugucken, unter der Decke zwar, doch mit deutlich sichtbarem Lichtgeflacker, zuletzt die Geschichte des englischen Königshauses, seitdem sie jedoch nicht mehr bei ihm war, war alles noch viel schwerer. Was würde er dafür geben, wenn sie zu ihm zurückkehrte! Ja, er würde sie wieder in die Arme schließen und ihr verzeihen, da war er sich sicher, auch wenn manch einer das nicht verstehen würde. Am Abend seiner Amtseinführung als neuer Präsident Ende Juni letzten Jahres war sie auf und davon. Nur ein kleiner Zettel hatte auf dem Küchentisch gelegen, sonst nichts. Dass sie einmal Abstand brauche, Zeit, um über vieles nachzudenken, dass er das nicht persönlich nehmen solle, solche Sachen, die nichts und doch alles sagten. Er hatte den Zettel zerknüllt und weggeworfen. Zunächst hatte er sich verflucht, das Präsidentenamt angenommen zu haben, ausgerecht jetzt, wo sich alle die Münder zerrissen, dann aber war er froh gewesen, durch die neue Aufgabe abgelenkt zu sein. Nichts war schlimmer, als ständig unnütz zu grübeln. Es reichten schon die Nächte. Am seltsamsten vielleicht war, dass er gegenüber Knüllwald keinen Hass empfand, eine tiefe Enttäuschung, das sicherlich, aber doch keine Mordgelüste. Knüllwald war im Grunde ein armer Tropf, trotz seiner geerbten Millionen, ein Aufschneider, über den man sich heimlich lustig machte. Warum Anne ausgerecht auf Knüllwald reingefallen war, blieb vielleicht das größte Rätsel.

Pirkheimer warf sich auf die andere Seite. Schlafen konnte er auch aus einem anderen Grunde nicht. Er musste ständig an Freund van der Brink denken, den Bäckermeister des Ortes. Freund van der Brink wurde immer gelber, schrecklich ungesund hatte er bei der Beerdigung ausgesehen. Es hieß, ein Fuchsbandwurm habe es sich in seiner Leber bequem gemacht. Konnte man daran sterben? An einem Wurm? Oder war das nur eine Art grippaler Infekt? Hoffentlich! Kaum eingeschlummert, war Pirkheimer wieder aufgeschreckt, ein Albtraum der übelsten Sorte hatte ihn gequält. Sie trugen gerade Freund van der Brink zu Grabe, als sich durch den Sarg ein grinsender gelber Wurm den Weg ins Freie biss. Scheußlich!

Pirkheimer lauschte in die Dunkelheit und ärgerte sich über sich selbst. Fing er jetzt schon an, darüber nachzudenken, welchen Freund man als Nächsten zu Grabe trug? Das war doch krank. Drei Tote hatte es gegeben, okay, drei Tote an drei aufeinanderfolgenden Mittwochen. Was aber besagte das? Reiner Zufall, was sonst! Er war Techniker, Oberingenieur bei einem Weltunternehmen, ein durch und durch analytischer Mensch, was sollten die düsteren Gedanken? Und er beschloss, an etwas anderes zu denken und sich die Reihe der Primzahlen aufzusagen, die sicherste Methode, um in den Schlaf zu finden. Am Mittwoch würde es wieder ein ganz normales Meeting geben.

Erneut drehte sich Pirkheimer um die eigene Achse. Manchmal hatte Anne beim *Netflixen* einen unterdrückten Glucker unter der Bettdecke von sich gegeben, wahrscheinlich, wenn jemand einen Scherz gemacht hatte, Prinz Philipp vermutlich. Pirkheimer lächelte trübe. Was würde er darum geben, wenn Anne wieder neben ihm läge.

8. KAPITEL

Da es der zweite Mittwoch im Monat war, traf man sich zur Abendzeit. Viele Freunde waren in Begleitung ihrer Frauen gekommen, und auch das Witwenende des langen Gasttischs im Nebenzimmer des *Grünen Baums* war gut gefüllt. Nicht nur Amtsrichtersgattin Dotterweich war gekommen, auch Witwe Kunreuther, deren violette Dauerwelle stets ein zarter Hauch von frischem Kuhstall umwehte, und, zur nicht geringen Überraschung aller, auch Kunigunde Dreiheilig. Die frischgebackene Witwe trug einen dunklen Schleier und ein schwarzes Gewand, das eher an eine Flamencotänzerin erinnerte als an ein Trauerkleid. Manchmal tupfte sie sich mit einem Tuch nach den Augenwinkeln und genoss sichtlich den Zuspruch der anderen Damen, der ihr reichlich gewährt wurde.

Als der Präsident die Wirtschaft betrat, sah er am Stammtisch drei Männer über ihrem Bier hocken, der eine war Georg Himmelreich, der Bestatter des Dorfes, der zweite ein zerzauster Mann mit schwarzen nacken-langen Haaren, Winfried Dotterweich, der Sohn des verstorbenen Amtsrichters, der dritte war der junge Kunreuther, der Bauerssohn. Pirkheimer, der die drei flüchtig kannte, grüßte mit kurzem Nicken und eilte hinüber in den Nebenraum, wo die Rotarier tagten. Der Versammlungssaal war bereits gut gefüllt. Zu seiner Erleichterung entdeckte Pirkheimer Freund van der

Brink nebst Gemahlin Friederike, einer hünenhaften Dame mit wunderbaren Oberarmen. Pirkheimer atmete auf. So war seine Sorge umsonst gewesen, die finsteren Gedanken der letzten Nacht nur Hirngespinste. Auch wirkte die Gesichtsfarbe des Bäckers bei Weitem nicht mehr so gelb wie bei der Beerdigung von Freund Dreiheilig, vielleicht hatte sich das Fuchsbandwürmchen schon davongeschlichen.

»Leider nein«, flüsterte ihm Freund Guttenberg zu, »aber mit etwas Glück bekommen wir den Wurm durch Medikamente unter Kontrolle. Schlimm wird's, wenn frische Würmer schlüpfen und in den Blutkreislauf gelangen, das müssen wir verhindern. Wehe, wenn sie sich im Gehirn festbeißen.«

Pirkheimer fröstelte es. Er liebte Freund Guttenberg, medizinische Einzelheiten aber waren ihm verhasst. Auch durften nur Eingeweihte von dem Fuchsbandwurm wissen, Freund van der Brink fürchtete, dass Kunden zur Konkurrenz überlaufen könnten, wenn sie von dem Wurm erfuhren. Die Menschen waren ja so ängstlich. Pirkheimer nickte dem Bäcker zu. Es war Freund van der Brink hoch anzurechnen, dass er gekommen war, auch, weil es sich ja um ein Abendmeeting handelte und der Meister des heißen Ofens üblicherweise schon um 19 Uhr in den Federn liegen musste. Neben Freund van der Brink saß Freund Gensekiel, der Apotheker, mit seiner Gattin Christine, dann folgte Freund Hufschnabel, der Klubmeister, wie stets edel gewandet, neben ihm eine hochgewachsene Schöne, Susanne, seine Drittfrau, die von den anderen Frauen recht kühl behandelt wurde. Ihnen gegenüber saß Freund Thürauf, ein kleiner, energischer Mann mit Nickelbrille, von Beruf Lateinlehrer, mit seiner Frau Hiltrud, die ebenfalls dem Lehramt verpflichtet war, allerdings der Fachkombination Deutsch und Französisch. Neben ihnen wiederum saß etwas verloren Freund Trebbisch, der Schatzmeister, dessen Ehefrau Babsi sich wegen Unpässlichkeit entschuldigen ließ.

»Wo ist Freund Stanglmaier?«, fragt der Präsident seinen Sitznachbarn, nachdem er den Blick über die Anwesenden hatte schweifen lassen.

»Keine Ahnung«, sagte der Doc, »wurde noch nicht gesichtet.«

Freund Stanglmaier, der Inhaber des großen Installationsgeschäfts mit dem schönen Namen *Wasser marsch!*, hatte sich freundlicherweise bereit erklärt, den ausgefallenen Vortrag von letzter Woche beim heutigen Abendmeeting zu halten, was allgemein begrüßt worden war, zumal das Thema *Neue Entwicklungen im Sanitärbereich und besonderer Berücksichtigung des älteren Menschen* auch für die Damenwelt interessant erschien.

»Mon président!« Mit einem etwas mokanten Lächeln und einem übertriebenen Diener begrüßte ein schlaksiger Nachzügler Pirkheimer. Es war Freund Göllner, ein immer zu Scherzen aufgelegter Patentanwalt, der es verstand, spontan in Reimen zu sprechen, was stets aufs Neue für Verblüffung sorgte.

»Norbert, sei uns willkommen«, sagte Pirkheimer und machte eine einladende Bewegung in Richtung des leeren Stuhls ihm gegenüber.

»Enchanté!«, sagte Freund Göllner, küsste der Reihe nach die Hände der Damen und ließ sich lässig nieder. Freund Göllner war verheiratet, seine Frau Antoinette aber hatte noch nie jemand zu Gesicht bekommen, was stets einen Anlass für freundschaftliche Spöttereien bot. Die übrigen rotarischen Damen waren nicht undankbar über ihr Ausbleiben, war Freund Göllner doch immer für einen Flirt zu haben, und so hatten sie ihn ganz für sich.

Die Zeit war gekommen, die Anwesenden zu begrüßen. Dennoch zögerte der Präsident, war doch Freund Stanglmaier, der Referent, immer noch nicht aufgetaucht. Zwar war es bis zum Vortrag noch etwas hin, wurde doch zunächst das Abendessen eingenommen – als Alternative zum Schäufele reichte man Gemüsebratlinge an Joghurtsoße, ein Angebot, von dem die Damen gerne Gebrauch machten – doch war es höchst ungewöhnlich, dass sich Freund Stanglmaier verspätete. Pirkheimer erwog für einen kurzen Moment, zum Handy zu greifen, unterließ es dann aber und stand räuspernd auf, um die begrüßenden Worte zu sprechen. Freund Stanglmaier würde schon noch kommen.

Als Erstes bat Pirkheimer um eine Schweigeminute für den verstorbenen Freund Dreiheilig. Alle Anwesenden standen auf und schauten auf ihre Schuhe, manche auch verstohlen zu der Witwe hinüber, während der Präsident still bis 15 zu zählen begann, länger durfte nach seinem Gefühl eine Schweigeminute nicht dauern. Eine kleine Unruhe entstand, als Christine, die Gattin von Freund Gensekiel und beste Kraft in dessen Apotheke, vor Rührung hörbar seufzen musste, wodurch sie sich einen bösen Blick von Witwe Dreiheilig einfing, war sie allein es doch, der das Recht zustand, in der Trauerminute für ihren Mann zu seufzen. Der Präsident war gerade bei 13 angekommen, als die Tür aufgerissen wurde. Freund Deusel stolperte herein. Aber wie sah der Mann aus! Blass, mit wirrem Blick, völlig durch den Wind. Er zeigte mit dem Finger zur Tür zurück und stammelte: »Freund Stanglmaier …, Freund Stanglmaier!«

Mit aufgerissenen Augen sah ihn der Präsident an. »Aber was ist denn, Freund Deusel, was ist mit Freund Stanglmaier?«

Freund Deusel war der Betreiber einer gut gehenden Landmetzgerei mit eigener Schlachtung, so leicht brachte den athletischen Glatzkopf nichts aus der Ruhe. Es musste etwas wirklich Schlimmes passiert sein.

»Freund Stanglmaier … in seinem Auto … tot!«

9. KAPITEL

Alle sprachen sie von einer Stange, genau genommen aber handelte es sich um ein zugespitztes Heizungsrohr. Das tückische Ding war Freund Stanglmaier von hinten durch den Kopf geschossen und hatte ihn in dieser Stellung fixiert, wodurch die seltsam aufrechte Haltung des Toten zu erklären war, ja, manche behaupteten später, nie eine aufrechtere Leiche gesehen zu haben, zudem keine, die so extrem geschielt habe. Freund Guttenberg, der sofort die Vitalfunktionen prüfte, konnte nur noch den Tod des Unternehmers feststellen, der weiter am Steuer seines blauen Mercedes-Sprinter saß, einem seiner Lieferwagen, auf denen das Logo seines Sanitärunternehmens »Wasser marsch!«, neben einem fröhlich lächelnden Wasserhahn prangte. Der Motor lief noch, und die Scheinwerfer brannten. Aus dem Radio röhrte Udo Lindenberg »Alles klar, auf der Andrea Doria …« Im offenen Laderaum war jede Menge Werkzeug untergebracht, auch Ersatzteile, Heizkörper und Rohrleitungen.

»Er muss spät dran gewesen sein, hat Gas gegeben und auf dem Parkplatz zu heftig gebremst, da hat sich die Stange gelöst und ist nach vorne geschossen.«

Präsident Pirkheimer nickte. So konnte, so musste es gewesen sein. Freund Guttenberg hatte recht. Was für ein Tod! Im Einsatz für den Klub ums Leben gekommen, beim Militär hätte man wohl gesagt, im Feld gefallen.

»Und Lola hat Geburtstag, und man trinkt drauf, dass sie wirklich mal so alt wird, wie sie jetzt schon aussieht ...«, schepperte es aus den Boxen.

»Schalt doch einer das Radio aus!« Freund Thürauf hielt sich die Ohren zu. Der Präsident lehnte sich vor und fummelte hektisch an den Knöpfen herum, ihm gelang es aber lediglich, das Programm zu wechseln, immerhin erklang nun klassische Musik, ein ruhiger Streichersatz, welcher der Situation etwas Würde verlieh.

»Wer sagt Gisela Bescheid?«, fragte der Präsident erschöpft.

Keiner antwortete. Schon klar, dachte sich Pirkheimer, das war wohl wieder mal ein Job für den Präsidenten.

10. KAPITEL

Er konnte es ihr nicht am Telefon mitteilen. Das ging einfach nicht. Auch wenn er nicht die geringste Lust verspürte, er musste zu ihr hinfahren, zumal die Stanglmaiers ja nicht weit weg wohnten. Wer wohnte schon weit weg, hier in Mausgesees? Zum Glück bot sich Freund Guttenberg an, ihn zu begleiten, wofür ihm Pirkheimer sehr dankbar war. Auf sich allein gestellt die richtigen Worte zu finden, das hätte ihn emotional überfordert. Die Stanglmaiers bewohnten eine prächtige Villa an einem Hang etwas außerhalb von Mausgesees, das Eingangsportal wurde von zwei steinernen Löwen bewacht, dann ging es einen Kiesweg hinauf, der von hohen Lebensbäumen gesäumt wurde. Natürlich durfte auch ein Springbrunnen nicht fehlen, das gebot die Ehre jedes anständigen Installateurs, die Wasserstrahlen aber waren vom Spritzbrunnenabdreher schon vor Wochen zur Ruhe gebracht worden.

Der Präsident holte tief Luft und schellte. Es dauerte eine Weile, bis Gisela Stanglmaier endlich öffnete, eine schlanke Lady in tailliertem Seidenmantel, die immer etwas unnahbar wirkte, fast wie eine Sphinx. Als sie die beiden Freunde vor sich sah, stumm und mit verlegenem Lächeln, weiteten sich ihre Pupillen. Mit misstrauischem Gesicht strich sie sich durch die blonden Haare.

»Ist was mit Karl?«

Es wurde furchtbar, noch furchtbarer, als es sich Pirkheimer vorgestellt hatte. Wie sie schließlich wieder davonfuhren – Guttenberg hatte zum Glück ein Beruhigungsmittel in der Tasche gehabt, das er der jungen Witwe geben konnte – waren beide fix und fertig.

»Gut, dass du ihr ausgeredet hast, ihren Mann noch einmal zu sehen«, murmelte der Präsident, »sie soll ihn nicht in dieser Weise in Erinnerung behalten.«

War die Durchspießung des Hinterkopfs allein schon grausam anzusehen, so mehr noch der Ausdruck ohnmächtiger Verblüffung auf dem Gesicht des Toten.

»Und dann das schreckliche Schielen.« Pirkheimer schüttelte es immer noch.

»Vermutlich hat das Rohr die Sehnerven durchtrennt«, mutmaßte Freund Guttenberg, »und alles nur, weil er pünktlich sein wollte. Ich sag ja immer, Eile mit Weile.«

11. KAPITEL

Und so stand der nächste Friedhofsbesuch an. Zum Glück versuchte das Wetter dieses Mal nicht, die trübe Stimmung noch übertreffen zu wollen, im Gegenteil, als sich der Trauerzug in Bewegung setzte und man »Jesus meine Zuversicht« anstimmte, brach die Mittagssonne durch die Wolken, und was wärmt das Herz besser als ein Lichtstrahl im November? Auch freute es den Präsidenten, dass dieses Mal die Präsenz der Freunde deutlich besser war, ja, er konnte fast Vollständigkeit verzeichnen, bis auf den notorischen Friedhofsschwänzer Freund Guttenberg waren sie alle gekommen, alle noch verbliebenen Mausgeseeser Rotarier: Freund Hufschnabel, der Klubmeister, nebst Susanne, seiner blonden Drittfrau, für die die anderen Frauen nur Verachtung übrig hatten, Freund Gensekiel, der Apotheker mit seiner Gattin Christine, die ein Taschentuch nach dem anderen mit Tränen durchtränkte – die Firma *Tempo* stammte aus der Gegend –, der etwas vergilbte Freund van der Brink an der Seite von Freund Göllner, dem zuzutrauen war, dass er selbst bei diesem schweren Gang noch lustige Verse schmiedete, dann Freund Thürauf, der Lateinlehrer, mit seiner Frau Hiltrud und zum Schluss Freund Deusel, der Schlachthofbetreiber mit seiner Frau Mechthild, im Gespräch mit Schatzmeister Freund Trebbisch und dessen Ehefrau Barbara, genannt Babsi, die fröhliche Rheinländerin. Als man nach rechts abbog, um den Hauptweg zu betreten, der von dunklen Thujen gesäumt wurde, nahm Mechthild Babsi etwas beiseite.

»Weiß man schon was Neues von Anne? Ist sie immer noch mit diesem Knüllwald unterwegs?«

Babsi seufzte. »Segeln wohl weiter fröhlich um die Welt, wie man hört, sollen auf dem Weg in die Karibik sein.«

»Dieses Miststück von Ehefrau, wie haben wir uns nur so in ihr täuschen können? Auch wenn Paul tapfer versucht, so zu tun, als ob nichts wäre, die Trauer in seinen Augen, die kann er nicht verbergen. Und dieser Knüllwald gehört aus dem Klub geworfen, wenn du mich fragst, so was nennt sich Freund.«

»Erwähne bloß nicht seinen Namen in Pauls Gegenwart.«

»Um Gottes willen! Ich wird mich hüten.«

Außer der rotarischen Familie waren noch zahlreiche andere Trauergäste gekommen. Etwas linkisch und ungeschickt bewegte sich eine Gruppe junger Herren am Ende des Zuges, Männer, die ersichtlich selten Anzüge und Mäntel trugen, die Heizungsmonteure und Wasserinstallateure von Freund Stanglmaiers Unternehmen. Die Witwe wurde rechts von ihrem erwachsenen Sohn und links von ihrem Bruder gestützt, wobei sie die beiden um eine knappe Handbreit überragte. Wieder sorgte der Sarg für Aufsehen. Georg Himmelreich, dem Bestatter, war erneut ein eindrucksvolles Kunstwerk gelungen.

»Wurzelholz«, flüsterte ein Kenner, »doppelt in sich selbst gespiegelt.«

Tatsächlich konnte man an der Maserung erkennen, wie raffiniert das dunkle Holz verleimt worden war, hell und stolz aber hob sich von dem Ebenholz wieder das Zahnrad ab, das Logo der Rotarier. Als wäre er sich der allgemeinen Bewunderung bewusst, schritt der Beerdigungsunternehmer und Schöpfer des Kunstwerks mit würdevollem Gesicht hinter dem Sarg her, seinen imposanten Schnauzbart stolz der Sonne entgegenstreckend. Der Einzige, der den Sarg mit leichter Sorge betrachtete, war Freund Trebbisch, der Bleistiftspitzerfabrikant und Schatzmeister des Klubs. Hatte man die Kosten bislang von den Zinsen des Spezialbeerdigungsfonds bestreiten können, den der verstorbenen Freund Oberhofer eingerichtet hatte, dem sogenannten »Auferstehungskonto«, so waren diese, auch aufgrund der finsteren Zeiten für Festgelder, nun aufgebraucht, und man musste an die Substanz gehen. Aber was sollte man machen?

»Contra vim mortis non est medicamen in hortis«, flüsterte ihm Freund Thürauf zu. Und im Bewusstsein, wohl der Einzige der ganzen Trauergesellschaft zu sein, der diesen Satz verstand, besserte sich die Laune des Oberlehrers deutlich, und auf seine Lippen trat ein zufriedenes Lächeln. Latein war doch die beste Medizin gegen den Trübsinn.

Am Grab angekommen, drückte der Klubsekretär seinem Präsidenten wieder heimlich das gezackte Ding in die Hand, das rotarische Zahnrad aus purem Gold, die letzte Liebesgabe der Freunde. Auch dieses Mal würde es Freund Pirkheimer wieder dem Sarg hinterherwerfen, auch dieses Mal aber erst, wenn alle gegangen waren, denn dieser letzte Gruß, so herzlich er gemeint war, wurde ihm zunehmend zuwider. Nachdem er das goldene Rad so geschickt an den Rand der Grube geworfen hatte, dass es nicht wieder den Sarg traf, sagte der Präsident flüsternd Oberhofers Abschiedsfloskel auf: »Drehe dich weiter/Zahn um Zahn/drehe dich weiter/ zum Himmel hinan.«

Als man, erleichtert, alles hinter sich zu haben, wieder zurück zum Parkplatz eilte, um zum Trauermahl nach Heroldsberg zu fahren, löste sich aus dem Schatten der Friedhofskapelle ein Mann in Schimanski-Jacke und trat auf Pirkheimer zu.

»Sie sind der Präsident des Klubs, nicht wahr?«

Erstaunt blieb Pirkheimer stehen. »Ja, warum?«

»Mütze, Kripo Erlangen, ich hätte da ein paar Fragen.«

12. KAPITEL

Die Beerdigungsgesellschaft war schon beim vierten Gang angekommen, einem Lachssoufflé mit kandierten Petersilienwürzelchen, als Pirkheimer endlich eintraf. Sein Gesicht war noch blasser als sonst.

»Was war denn?«, fragte Freund Göllner, der zu seiner Rechten Platz genommen hatte.

»Später«, sagte Pirkheimer erschöpft und ließ sich ein Glas Wein einschenken. Er brauchte jetzt eine Stärkung.

Die Kripo! Jetzt war die Sache auch noch zum Kriminalfall geworden. Wie damals die Sache mit Wiggerl, die sie alle schon längst verdrängt hatten. In Pirkheimers Hirnkasten schwirrte alles durcheinander, zu allem Überfluss pfiff sein längst verschwundener Freund Tinnitus wieder fröhlich ein Liedchen. Entschieden war zwar noch nichts, die Fragen dieses Mütze aber, deu-

teten sie nicht auf eine Bluttat hin? Warum sonst hätte
der Kommissar sich aufgemacht, um nach Mausgesees
zu fahren? Man hatte Freund Stanglmaiers sterbliche
Überreste in der Rechtsmedizin gründlich untersucht,
was an sich noch nichts hieß, denn Freund Guttenberg
hatte sein Kreuzchen auf dem Totenschein bei »Todesursache ungeklärt« gesetzt, setzen müssen, wodurch
automatisch Skalpell und Säge im Besteckkasten der
Rechtsmedizin zu klappern begonnen hatten. Mütze
hatte nicht verraten, warum der Argwohn in ihm aufgestiegen war, auch hatte er mit keinem Wort angedeutet,
dass es kein Unfall gewesen war. Warum aber dann die
Frage, wie beliebt Freund Stanglmaier im Klub gewesen war? Warum das Bohren nach den genauen Zeitab-
läufen des Abends? Nach der Reihenfolge des Eintref-
fens der Freunde, nach eventuellen Unregelmäßigkeiten
oder Nervositäten? Irgendetwas an der Leiche muss verdächtig gewesen sein, auch wenn man sie schließlich zur
Beerdigung freigegeben hatte. Bloß, was?

Pirkheimer sah in die Runde, sah, wie sich seine
Freunde bestens unterhielten. Es ging, wie es auf vielen Beerdigungen zu gehen pflegt: Ist die traurige Angelegenheit vorbei, hat man den Friedhof wieder verlassen,
plumpst ein großer Stein vom Herzen, ja, jeder scheint
das eigene Leben und Überleben plötzlich intensiv zu
genießen, auf eine fröhlich-übermütige Weise geradezu.
Nur Freund van der Brink, der Bäckermeister, sah müde
aus, müde und sehr, sehr gelb. Obwohl Pirkheimer versuchte, den Gedanken zu verdrängen, trat wieder der
verfluchte Bandwurm vor seine Augen. Wie lang ein

solcher Wurm wohl werden konnte? Hieß es nicht, es hätte schon Bandwürmer von einem Meter Länge gegeben? Rasch griff Pirkheimer zum Weinglas und nahm einen tiefen Schluck. Warum nur gab es auf der Welt so viele Scheußlichkeiten?

13. KAPITEL

Tiefe Nacht über Mausgesees. Die letzten Wolkenvorhänge hatten sich verzogen, Bühne frei für die Sterne. Das war der Vorteil, wenn man auf dem Land wohnte, man sah die Himmelslichter noch in überwältigender Vielzahl, während in den lichtverschmutzten Städten allenfalls der große Wagen trübe seine schlecht beleuchteten Bahnen zog. Doch für die Schönheit des ewigen Gefunkels hatte in dieser Nacht keiner der Mausgeseeser Rotarier ein Auge, auch wenn sie alle noch wach in den Betten lagen und nicht einschlafen konnten, alle bis auf einen. Dieser eine lag schnarchend in seinen weichen Kissen und träumte dem nächsten Tag entgegen, selig lächelnd wie ein satter Säugling.

14. KAPITEL

Dienstagmorgen. Man traf sich in kleiner Runde. Freund Guttenberg war gekommen und auch Freund Gensekiel, der Apotheker. Bewusst hatte man sich nicht in Mausgesees getroffen, sondern in einer Bäckereifiliale im nahen Uttenreuth, wo man nun bei Kaffee und Apfelschnecke in der hinteren Ecke hockte. Die Zusammenkunft hatte eine konspirative Anmutung, und ein Geheimtreffen war es tatsächlich.

»Liebe Freunde«, begann der Präsident, »wenn die Seuche mal ausgebrochen ist, dann aber auch richtig. Ihr wisst, vor welchem Problem wir stehen?«

Seine beiden Freunde nickten stumm.

»Freund Stanglmaiers Tod reißt nicht nur eine tragische Lücke in die Reihen unseres Klubs, ja, ich möchte angesichts von nur noch acht verbleibenden Freunden schon fast von einer Schneise sprechen, sein Tod stellt uns auch vor die schwierige Frage, wie wir im Sommer verfahren sollen.«

Wieder nickten die Freunde stumm. Allen war bewusst, worum es ging. Freund Stanglmaier war der »Incoming-President«, der »President elect«, wie es im rotarischen Sprachgebrauch hieß. Ende Juni fand immer die feierliche Amtsübergabe statt. Nun stand man plötzlich da, ohne die Nachfolge geregelt zu haben. Wer nur kam als Ersatzmann in Betracht?

»Ihr wisst, wer seit Jahren nach dem Präsidenten-amt schielt.«

Wieder nickten die Freunde, und ihr Blick wurde noch trüber.

»Was meint ihr, angesichts der Dramatik der Lage, wollen wir ihm eine Chance geben?«

Erschrocken sahen die Freunde den Präsidenten an und schüttelten heftig die Köpfe, so groß die Krise auch war, zu dieser Verzweiflungstat wollte man nicht schreiten. Einen Präsidenten, dessen Ansprachen und Reden zur Hälfte aus lateinischen Zitaten bestanden, wollte man sich nicht antun, so sehr dieser auch nach dem Amt drängte.

»Die Zitate mögen ja noch hingehen, aber dieser kurze Moment danach, dieses triumphale Schweigen, bevor die Übersetzung ins Deutsche folgt und danach dieses mokante Lächeln, das bringt mich um«, stöhnte Freund Guttenberg, um mit leichtem Näseln, den ober-lehrerhaften Ton von Freund Thürauf gekonnt karikie-rend, fortzufahren: »De mortuis nil nisi bene – über Tote nur Gutes – wollt ihr das wirklich auf eurer Beerdi-gung hören?«

Auf eurer Beerdigung! Jetzt war es raus. Nicht nur Pirkheimer hatte angefangen, sich mit dem eigenen Tod zu beschäftigen, selbst Freund Guttenberg, der Unerschrockene, sprach es aus. Wer war der Nächste? Diese Frage war aus der Hölle aufgestiegen und spukte nun in den Köpfen herum. Vier Mittwoche, vier tote Freunde. Unwillkürlich schoss Pirkheimer ein altes Kinderlied durch den Kopf, welches die kontinuierliche Abnahme äquatornaher Bewohner thematisierte, ein Lied, das er aufgrund seiner politischen Inkorrektheit aber nicht zu zitieren wagte, zumal es sich bei den verschwundenen Besungenen noch dazu um Minderwüchsige handelte. Wenn ihm nur etwas Zeit bliebe, sich zu sammeln, es ging alles so schnell, zu schnell, und morgen war bereits wieder Mittwoch, das nächste Meeting stand vor der Tür. Und dann auch noch ein solches! Wollte man nicht besser umdisponieren? Pirkheimer seufzte. Dafür war es wohl zu spät. Man konnte Freund Deusel schlecht vor den Kopf stoßen.

»Ich sag euch nur eines, im Sommer übergebe ich die Amtskette, da könnt ihr Gift drauf nehmen. Ein weiteres Präsidentenjahr überlebe ich nicht.«

15. KAPITEL

Freund Deusel, so paradox das klang, war ein echter Tierfreund, auch wenn er einen Schlachthof betrieb. Dass dies kein Widerspruch sein musste, bewies er Tag für Tag, denn die Schweine und Rinder, die in den gekachelten Räumen ihr Leben lassen mussten, hatten im Gegensatz zu anderen Nutztieren wenigstens ein Leben gehabt. Freund Deusel schlachtete nur Tiere, die auf natürliche Weise gehalten worden waren, Rindviecher, die noch auf den saftigen Wiesen der Fränkischen Schweiz hatten grasen dürfen, Eichelschweine, die man zur Mast in die Wälder getrieben hatte und deren Schinken wunderbar nussig schmeckte. Alle paar Jahre lud er seine rotarischen Freunde zu einer Betriebsbesichtigung ein, und dieser Tag war heute gekommen. Bereits zur frühen Morgenstunde fuhren die rotarischen Autos in seinem Betriebshof vor, wo Mechthild, die Ehefrau des Schlächters, bereits mit dampfendem Kaffee und Mettbrötchen wartete. Nicht allein aus Herzlichkeit servierte sie die Stärkung, sie hatte die Erfahrung gemacht, dass der nüchterne Magen eines des Schlachtens unkundigen Besuchers rasch rebellierte. Für allgemeine Heiterkeit sorgte sodann die Verkleidung, der man sich unterziehen musste, alle zogen sich grüne Plastiktaschen über die Füße und bekamen einen weißen Metzgerkittel umgebunden. Mit der anschließenden Papierhaube auf dem Kopf sahen sie alle aus wie Fleischergesellen.

»Tu ne cede malis, sed contra audentior ito«, bemerkte näselnd eine Stimme, als Freund Deusel die Tür zum Schlachthaus öffnete, »weiche dem Unheil nicht, sondern gehe ihm mutig entgegen!«

Sie betraten einen komplett gefliesten, von hellen Neonröhren ausgeleuchteten Raum, in dem drei Männer bei der Arbeit waren. Auf langen, blutdurchtränkten Tischen säbelten sie an Fleischpaketen herum. Sie

sahen aus wie moderne Ritter, alle trugen sie Ketten-
hemden und eiserne Handschuhe, die bis zu den Ellenbogen reichten. In gebrochenem Deutsch erwiderten
sie den Morgengruß, alle drei kamen aus Rumänien,
wo das Schlachterhandwerk eine große Tradition besaß.

»Mit den Rindern sind sie schon durch, jetzt kommen gleich die Schweine an die Reihe«, sagte Freund
Deusel und deutete auf eine Tür, die mit weißen Plas-
tikstreifen verhängt war. Eine Schiene lief die Decke
entlang, deren Kette sich nun in Bewegung setzte. Ein
Rasseln erklang, und man erkannte, dass sich hinter dem
zerschnittenen Plastikvorhang etwas näherte. Das aber,
was an dem Haken in den Raum schwebte, war kein
Schwein, das war überhaupt kein Tier, das war – ein kol-
lektives Stöhnen erfüllte den Raum – das war Freund
Gensekiel, der Apotheker. Den Schal wie einen Strick
um den Hals geschlungen, zappelte er noch mit den
Beinen, ja, manche behaupteten später, er habe ihnen
mit der rechten Hand noch ein Zeichen geben wollen, einen Wink mit dem Zeigefinger. Als Freund Deusel erschrocken das Förderband stoppte und man den
Ärmsten vom Haken holte, fiel er wie ein nasser Sack
zu Boden. Freund Guttenberg versuchte alles, den blau
angelaufenen Freund wieder ins Leben zurückzubeför-
dern, drückte rhythmisch Gensekiels Brustkorb nach
unten, blies ihm energisch Luft in die Lungen, doch als
sich Gensekiel auch nach fünf Minuten nicht bewegen
wollte, gab der Doktor erschöpft auf. Es war nicht zu
ändern, Freund Gensekiel war nicht mehr.

16. KAPITEL

»Er ist offensichtlich zu spät gekommen und hat den falschen Eingang genommen. Ein falscher Tritt, der Haken von hinten, der Schal, der blöde … schon zappelte er in der Luft.«

Freund Guttenberg schloss dem Toten schweigend die Lider. Mehr konnte er für den Apotheker nicht mehr tun. »Momento mori«, näselte Freund Thürauf, »gedenke, dass du sterblich bist.« Freund Deusel aber war untröstlich. Noch nie hatte es in seinem Betrieb einen ernsthaften Unfall gegeben, wenn man von dem einen oder anderen Fingerglied seiner Angestellten absah, und nun hatte es ausgerechnet einen seiner rotarischen Freunde erwischt. Das würde ein Nachspiel geben, dessen war er sich sicher. Die Berufsgenossenschaft würde das nicht auf sich beruhen lassen und eine Betriebsbegehung veranlassen. Warum, zum Teufel, aber musste Freund Gensekiel auch den Hintereingang nehmen!

Die Schweißperlen, die Präsident Pirkheimer auf die Stirn traten, aber hatten andere Gründe. Pirkheimer musste an den Kommissar denken, an Mütze und seine Fragen. Der Präsident spürte genau, was dieser Mütze nun denken musste: Hier ging es nicht mehr um eine Kette unglücklicher Zufälle, hier ging es um ganz was anderes, hier ging es um Mord! Was nur sollte er ihm darauf erwidern?

17. KAPITEL

Ringo wusste immer, wo es langging. Im Grunde hätte es der Leine überhaupt nicht bedurft. Freund Guttenberg aber war ein Mann, der auf Ordnung hielt, und in Wald und Flur gehörte ein Hund eben angeleint, erst recht zur nächtlichen Stunde. Wegen der Leine war es auch nicht nötig, dem Dackel eines dieser neongelben Halsbänder umzubinden, für den Doktor eine schlimme Form der Tierquälerei. Ein Halsband war doch schon erniedrigend genug, musste es auch noch im Dunkeln leuchten? Ein Tier hatte doch auch seine Ehre.

Heute hatte Freund Guttenberg den Nachtspaziergang nötiger denn je. Mit Freund Gensekiel, dem Apotheker, hatte er eine Art Tandem gebildet, keiner kannte sich im Klub besser. In letzter Zeit hatte Freund Gensekiel seine Rezepte gelegentlich sanft korrigieren müssen oder ihn, bei Wahrung aller Diskretion, auf eine Unregelmäßigkeit bei der angegebenen Dosierung hingewiesen, auf mögliche Nebenwirkungen auch, wofür Guttenberg ihm dankbar war. Das Alter, es hinterließ seine Spuren, auf das Gedächtnis war kein 100-prozentiger Verlass mehr, und auch die Konzentration fuhr gelegentlich Achterbahn. Und doch liebten ihn seine Patienten nach wie vor, ja, vielleicht sogar mehr denn je.

Sie hatten den Waldrand mit dem Feldkreuz erreicht. Um nicht Zeuge von Ringos Freveltat zu werden, blickte Freund Guttenberg zum Himmel hinauf, sah die Sterne leuchten. Der arme Gensekiel! Auf solch tragische Weise aus dem Leben zu scheiden! Der Doktor glaubte nicht an einen Mord, wollte nicht dran glauben. Er hatte in seinem ärztlichen Leben schon viele dumme Zufälle erlebt. Wieder musste er an die Sache mit Wiggerl denken, die schrecklichste Geschichte in ihrer ganzen Klubgeschichte, über die sich jeder hütet zu sprechen. Der Doktor schüttelte sich und verdrängte den Gedanken rasch wieder. Fest stand: Die rotarische Familie, sie schrumpfte. Es wurde höchste Zeit, sich nach neuen Mitgliedern umzusehen, zumal auch Freund Knüllwald ausschied. Das war die bittere Konsequenz seines Verhaltens. Was gab man nicht alles auf, wenn man sich neu verliebte! Freund Knüllwald musste doch bewusst gewesen sein, dass er sich nicht mehr in ihrem Kreis blicken lassen konnte. Und auch Anne, Pirkheimers Frau, verstand der Doktor nicht. So sehr das Abenteuer sie gereizt haben mochte, was hatte sie nicht alles dafür im Stich lassen müssen. Freund Guttenberg dachte dabei nicht nur an ihren Mann, den Präsidenten, er dachte auch an ihre Arbeit. Anne Pirkheimer war eine erfolgreiche Mikrobiologin an der Erlanger Uni gewesen, die Leiterin einer eigenen Arbeitsgruppe und Vorsitzende eines Forschungsclusters. Von einem Tag auf den anderen hatte sie das alles aufgegeben. Und wofür? Kopfschüttelnd folgte Freund Guttenberg seinem Dackel durch die Dunkelheit. In der Ferne, auf der anderen Seite des Tals, zeichnete sich vor dem Sternenhimmel finster die Burg Falkeneck ab. Bald führte

·

der Weg hinunter ins Tal, in die Mönau zur Mühle. Als sie den Brückensteg erreichten, fing Ringo wieder zu knurren an, so wie in der Nacht, als das Licht im ersten Stock gebrannt hatte. Dieses Mal aber war alles dunkel. So weit sich Freund Guttenberg auch über das Geländer lehnte, kein Lichtschein war zu sehen.

»Komm, Ringo, lass es gut sein. Und wenn es nicht gut ist, wir können doch nichts daran ändern.«

18. KAPITEL

Und wieder lud das Totenglöckchen zum Friedhof. Kein Sonnenstrahl fiel durch das kahle Geäst der Blutbuchen, als sich der Beerdigungszug auf dem Mauseseeser Gottesacker in Bewegung setzte. Kalte Nebelschaden waberten über die Gräber, dicht und respektlos, sodass selbst die Grablichter, die man zu Allerheiligen mit neuen Kerzen bestückt hatte, die feuchte Trübnis nicht zu durchdringen vermochten. Der schlechten Sicht zum Trotz zogen die beiden Totengräber Freund Gensekiel routiniert hinter sich her. Den Sargtransportwagen *Aluline* hatte die Gemeinde erst vor Kurzem angeschafft, ein Leichtlaufmodell, bandscheibenschonend lief es wie auf Schienen. Der Vorgängerwagen hatte grausam geächzt und gequietscht, und ächzende, quietschende Geräusche aber mochte keiner hören, erst recht nicht auf einer Beerdigung. Die graue Suppe machte es schwer, den Sarg zu bewundern, dabei hätte gerade dieser Sarg jedes Lob der Welt verdient gehabt, handelte es sich doch um ein Kunstwerk der Extraklasse, das in seiner Raffinesse kaum zu übertreffen war. Der schreinernde Beerdigungsunternehmer, der hinter dem Sarg her schritt, hatte sich für ein streng geometrisches Diamantenmuster entschieden, plastisch hervortretende, wie geschliffen wirkende Hölzer unterschiedlicher Baumarten, deren Politur dem Ganzen einen spiegelnden Glanz verliehen hätte, wenn, ja, wenn es nicht so diesig gewesen wäre.

Das Wetter war wirklich von der schlimmsten Novembersorte. Kommissar Mütze, welcher der Beerdigungsgesellschaft in pietätvollem Abstand folgte, fühlte sich in seine Ruhrpottkindheit zurückversetzt, als sich der Rauch aus 1.000 Schloten mit der feuchten Herbstluft gemischt hatte. Nur der Duft nach Schwefel und verbrannter Kohle fehlte, sonst wäre das alte Wanne-Eickel wiederauferstanden. Wenn der Sarg in der Erde ruhte, wenn sich die Beerdigungsgesellschaft zu zerstreuen begann, würde er den Klubpräsidenten erneut beiseite nehmen. Mütze kniff die Augen zusammen. Man musste nicht viel Fantasie besitzen, um zu ahnen, dass in diesem verschlafenen Kaff krumme Dinge vor sich gingen. Die ganze Dorfidylle, alles nur Fassade. Noch tappte er im Nebel, wenn sich der trübe Vorhang aber hob, würde die Wahrheit ans Licht treten, davon war Mütze überzeugt.

Georg Himmelreich, der Bestatter und Kunstschreiner, machte ein geknicktes Gesicht. Bei dem Sauwetter nahm niemand Notiz von seinem jüngsten Meisterwerk, dachte er sich enttäuscht, und selbst sein gezwirbelten Schnurbart schien seinen Frust zu teilen, warum sonst hätte er sich so hängen lassen? Himmelreich folgte eine Gruppe von Frauen, die Witwen des Klubs, untergehakt und sich gegenseitig Trost spendend: Amtsrichtersgattin Emma Dotterweich, Lissi Kunreuther, die sich ein schwarzes Kapotthütchen auf ihre lilablauen Haare geschnallt hatte, Gunda Dreiheilig, die Schornsteinfegerswitwe, und, am elegantesten gewandet, Gisela Stanglmaier, die Frau mit dem Blick der Nofretete. In ihre Mitte hatten die Trauerfrauen ihre jüngste Leidensgenossin genommen, Christine Gensekiel. Die Apothekerswitwe schritt in aufrechter Haltung und mit festem Tritt den Kiesweg entlang. Mit leichtem Abstand schloss sich Freund Hufschnabel an. Der Klubmeister war allein gekommen, Susanne, seine blonden Drittfrau, war verhindert. Ihm folgte Freund van der Brink, begleitet von seiner Frau Friederike, der hünenhaften Dame mit den eindrucksvollen Oberarmen. Die Gesichtsfarbe des schmächtigen Bäckermeisters kontrastierte heute noch ungesünder mit seiner schwarzen Trauerkleidung. Dann kam Freund Göllner, wie immer ohne seine Gattin Antoinette, dann Freund

Thürauf, der Oberstudienrat, an der Seite seiner Frau Hiltrud. Es folgte mit einer kleinen, aber durchaus bemerkbaren Distanz das Bleistiftfabrikantenehepaar Trebbisch. Babsi Trebbisch, die fröhliche Rheinländerin, stand mit Hiltrud Thürauf auf Kriegsfuß. Die Abneigung war so heftig wie gegenseitig, wobei über die Ursache des Zickenkriegs heftig diskutiert wurde. Die einen sagten, es läge an den unterschiedlichen Temperamenten, andere wiederum glaubten, Babsi habe den Fehler begangen, bei einer Faschingsfeier in der Bütt Witze über einen sich aufplusternden »alten Latriner« gemacht zu haben, worin Hiltrud Thürauf einen Angriff auf ihren Mann verstanden haben könnte, wieder andere glaubten, Hiltrud neide Babsi ihren Wohlstand. Kreuzunglücklich vor sich hin stierend, schloss sich Freund Deusel an, der Schlachthofbetreiber. Er machte ein Gesicht wie sieben Tage Regenwetter, als trüge er persönlich Schuld am Tode von Freund Gensekiel. Vergeblich versuchte ihn seine Frau Mechthild zu trösten, die Zerknirschung wollte nicht aus seiner Stirn weichen. Den Schluss bildete das Freundespaar Pirkheimer und Guttenberg. Der Doktor hasste Friedhöfe. Seitdem seine Frau Gretel an Krebs gestorben war, aber hatte sich seine Antipathie zu einem regelrechten Hass gesteigert. Dass er ihren Tumor zu spät entdeckt hatte, war die größte Niederlage seines Lebens. Fortan sah er im Tod seinen persönlichen Feind und gönnte ihm keinen Triumph. Vor Beerdigungen drückte er sich, wo er konnte, beim letzten Gang seines engen Freundes, des Apothekers, aber musste er eine Ausnahme machen.

»Freund Gensekiel soll sein Handy mit in den Sarg genommen haben«, flüsterte Freund Guttenberg dem Präsidenten zu.

»Sein Handy? Wieso das?«

»Hat er so im Testament verfügt. Er litt zeitlebens unter der fixen Idee, lebendig begraben zu werden.«

»Um Gottes willen!«

Der Präsident schaute den Doktor betroffen an.

»Es heißt, er hat die Nummer seiner Frau einge-speichert«, fuhr Guttenberg fort, »sollte er erwachen, braucht er nur auf den grünen Knopf zu drücken.«

Den Präsidenten schauderte. Das war ja der Horror pur! Was für ein Schrecken musste die arme Christine jedes Mal durchzucken, wenn das Telefon ging. Hatte Freund Gensekiel denn gar nicht daran gedacht, was er ihr antat? Pirkheimer reckte sich und versuchte, einen vorsichtigen Blick auf die trauernde Witwe zu werfen. Seltsam, so gerührt und stets den Tränen nah, wirkte sie heute direkt gelassen.

»Vielleicht hebt sie ja auch nicht ab, wenn's klingelt«, sagte der Doktor mit feinem Lächeln, »oder sie sagt: ›falsch verbunden!‹«

Präsident Pirkheimer kannte seine gelegentlichen Anflüge in das Reich des schwarzen Humors und nahm sie ihm nicht übel. Als Arzt musste man sich wohl einen Schutzpanzer zulegen, wie sollte man auch sonst den beruflichen Alltag überstehen? Pirkheimer störte etwas anders. Selbst wenn dieser Mütze dem Zug in pietätvol-lem Abstand folgte, spürte Pirkheimer dennoch seine Blicke im Rücken, und seine Laune verdüsterte sich noch weiter. Verdammt, was wollte der Kerl von ihm? Er wusste doch auch nichts weiter, hatte nicht den blassesten Schimmer, wer oder was hinter der Todesserie steckte. Nur für eines, da legte er seine Hand ins Feuer: Rotarier morden nicht!

Der Beerdigungszug war bereits an den Gräbern der Freunde Kunreuther und Dotterweich vorbeigezogen, auch an dem mit Kränzen bedeckten Grabhügel von Freund Stanglmaier, auf dem eine lustlos an einem Efeukranz hängende Schleife »Wasser marsch!« befahl, als beim Passieren des Grabes von Freund Dreiheilig Unruhe entstand und der Beerdigungszug ins Stocken geriet. Gunda Dreiheilig hatte sich aus dem Witwenkranz gelöst und trat wütend auf ein Gebinde ein, das am Rande des Grabes ihres Mannes aufgestellt war, wobei sie zugleich in Tränen ausbrach. Auch die anderen Witwen wurden von einer sichtlichen Erregung gepackt, schüttelten die Köpfe mit den schwarzen Schleiern und eilten zugleich Gunda Dreiheilig hinterher, um sie wieder zu beruhigen. Was war das aber für eine Frechheit auch! Wer nur steckte dahinter? Nichts mehr war zu erkennen auf dem Seidenband, so tief hatte Gunda es in den Dreck getreten, Witwe Kunreuther aber hatte zuvor noch einen Blick auf den Schriftzug erhascht und sogleich voller Empörung den anderen Witwen Mitteilung machen müssen. »Für immer dein!« hatte auf dem Band gestanden, und dahinter hatte zu allem Überfluss noch ein rotes Herz geprangt. Was für ein Affront! Als sich der Beerdigungszug nach dem unfreiwilligen Halt wieder in Gang setzte, war es nun

Gunda Dreiheilig, die getröstet werden musste, und Mausgesees hatte einen Skandal mehr.

19. KAPITEL

Als der Präsident schließlich in der *Leckerei* eintraf, war er so erschöpft, dass er es ablehnte, noch eine Ansprache zu halten. Freund Guttenberg war so nett, ihm diese Pflichtaufgabe abzunehmen, und fand viele schöne Worte, die er reich mit Anekdoten würzte, kannte er Freund Gensekiel doch aus beruflichen Gründen bestens, so wie es auf dem Lande zwischen dem Apotheker und dem Arzt zu gehen pflegte. Freund Pirkheimer hörte nur mit einem Ohr zu. Ihm wollte das Gespräch mit diesem Mütze nicht aus dem Kopf. Hatte die Kripo schon beim Tod von Freund Stanglmaier Verdacht geschöpft, so erst recht nach dem Tod im Schlachthof. »Herr Pirkheimer«, hatte der Kommissar gesagt und ihn scharf ins Auge gefasst, »Sie verheimlichen uns doch nichts?« – Verheimlichen? Was für eine Unverschämtheit! Die Polizei bezichtigte ihn unverhohlen der Kumpanei. Als sei der rotarische Klub eine Geheimgesell-schaft, in der ein eigener Ehrenkodex galt.

»Herr Mütze, mit Verlaub, wir sind ein Serviceklub und nicht die Mafia«, hatte er dem frechen Polizisten zur Antwort gegeben.

»Serviceklub?«, hatte Mütze misstrauisch gefragt.

»Wir helfen.«

»Wobei? Beim Vertuschen?«

Beim Vertuschen! Pirkheimers schlug das Herz noch immer bis zum Halse. Was sollte er denn vertuschen? Er hatte doch nicht die geringste Ahnung! Zweifels-ohne gab es im Klub unterschiedliche Persönlichkei-ten, die einen mochten sich mehr, die anderen weniger, ja, auch den einen oder anderen Streit hatte es gegeben, wer wollte das bestreiten? Immer aber war es doch nur um Kleinigkeiten gegangen, darum, wer bei einem Bus-ausflug lange nicht mehr vorne gesessen war, oder wenn eine Formulierung im Protokoll nicht gefiel. Keine Gründe, eine Mordtat zu begehen. Ihre Freundschaft war unverbrüchlich.

»Wir werden ja sehen«, hatte Mütze verkündet, »auch auf die anderen Toten werden wir noch einen Blick wer-fen.«

Pirkheimer schauderte und sah betroffen zum Ende des Tischs hinüber, an dem die Witwen saßen. Witwe Kunreuther, die Bauersfrau mit dem violetten Haar, die immer etwas nach Landluft roch, tröstete sich, indem sie nach dem eigenen Glas auch die Engelscreme der Apothekerswitwe auslöffelte, die neben ihr saß, empa-thisch ins Gespräch mit der immer noch empörten

Gunda Dreiheilig vertieft. Ganz außen saß die Witwe von Freund Dotterweich, dem im Altersheim verstorbenen Amtsrichter. Die Leichen der drei Freunde Kunreuther, Dotterweich und Dreiheilig würde man heute noch exhumieren und in die Rechtsmedizin bringen lassen, hatte Mütze angekündigt. Der Grund: Verdacht auf ein Tötungsdelikt. Und alles bloß, weil alle drei ebenfalls an einem Mittwoch gestorben waren. Pirkheimer sah die Schlagzeile schon vor sich: »Der Mittwochsmörder von Mausgesees«, darunter, kleiner, aber ebenfalls fett: »Wer tötet die Rotarier?« Daneben ein Bild von ihm, dem Präsidenten, vielleicht mit der Frage versehen: »Wer wird der Nächste sein?«

In solch trübe Gedanken war er versunken, als plötzlich ein Handy klingelte. Mit einem Schlag wurde alles still und starrte auf das Gerät, das vor Christine Gensekiel auf dem Tisch lag. Unfähig zu reagieren, saß die frische Witwe dort, stocksteif und leichenblass. Erst nach einer quälend langen Weile griff sie sich das Handy und hielt es zitternd ans Ohr.

»Ja? – Wer da? – Ach, Sie sind's, nein, Helga, es bleibt bei dem Frisiertermin.«

Darauf warf sie das Handy mit einer heftigen Bewegung auf den Tisch und lief weinend zur Toilette.

20. KAPITEL

Die Nacht war hereingebrochen, als auf dem Friedhof von Mausgesees helle Lichter aufflammten. Im
Schein zweier leuchtender Ballons machte sich der
Friedhofsgärtner an die Arbeit. Zuerst buddelte er
den Sarg von Freund Kunreuther aus. Mütze staunte
nicht schlecht, als der Bagger den Sarg aus der Grube
hob. Die hölzerne Kiste war über und über mit feinem
Silberblech beschlagen und auch, wenn überall noch
Lehm anhaftete, war im blendenden Licht der Leucht-
ballons deutlich zu erkennen, welch kunstvolle Figu-
ren in das Blech getrieben worden waren, Szenen aus
dem Leben eines Bauern, wie er in ein umgehängtes
Tuch greifend zum Säen schritt, wie er mit der Sichel
durch die reifen Ähren fuhr, wie er zum Dreschflegel
griff ... Als der Baggerführer den Sarg vorsichtig auf
die Sarglafette sinken ließ, um ihn in den Leichenwagen zu schieben, wischte Mütze einen Lehmklumpen
fort. Zum Vorschein kam ein mit Goldblech ausge-
führtes Zahnrad, das Symbol der Rotarier. Mütze pfiff
durch die Zähne.

»Können wir weitermachen?«, fragte der Friedhofsgärtner.

Mütze nickte. Der Friedhofsgärtner schob den Sarg
in den Leichenwagen und kletterte wieder auf seinen
Bagger, um aus dem Nachbargrab Freund Dotterweich
ans Licht zu heben. Mütze trat an das Fahrerfenster. Am

Steuer des schwarzen Leichenwagens saß ein Mann mit einem imposant gezwirbelten Oberlippenbart, Georg Himmelreich, der Bestatter und Kunstschreiner.

»Sie kennen den Weg zur Rechtsmedizin?«, fragte Mütze.

Georg Himmelreich nickte und gab Gas.

21. KAPITEL

Etwa zur gleichen Stunde trafen die Freunde Guttenberg und Trebbisch bei Freund Hufschnabel ein. Ihnen öffnete Susanne, Freund Hufschnabels Drittfrau, und führte sie ins Kaminzimmer des schmucken Jugendstilhauses am Ortsrand von Mausgesees, einer ehemaligen Fabrikantenvilla. Freund Hufschnabel, ein erfolgreicher Banker, der lange in Frankfurt gearbeitet hatte und immer noch in mehreren Aufsichtsräten saß, hatte gerade frische Scheite ins Feuer gelegt und begrüßte sie herzlich.

»Rotwein?« Ohne auf eine Antwort zu warten, entkorkte er einen Châteauneuf-du-Pape. »2018er, natürlich. Bei keinem Roten kommt es so sehr auf den Jahrgang an.«

Gekonnt füllte er drei dickbauchige Gläser. Zunächst trank man noch einmal auf das Andenken der jüngst verstorbenen Freunde, besonders natürlich auf das von Freund Gensekiel, dann ließ man sich in die knarzenden Ledersessel fallen, die im Halbkreis vor dem offenen Kamin standen, und besprach, was zu besprechen war. Eine gute Stunde und zwei geleerte Flaschen später ging man wieder auseinander, durchaus beschwingt, trotz der bitteren Ereignisse. Was doch ein Gespräch unter Freunden und ein guter Wein für eine segensreiche Medizin sein konnten! Vielleicht war man in der Frage, wer den neuen Präsidenten machen könnte, heute tatsächlich einer Lösung nähergekommen.

22. KAPITEL

Die Nacht schritt voran. Mütze konnte sich nicht sattsehen, wie geschickt der Friedhofsgärtner mit seinem schmalen Bagger hantierte. Ein Kindheitstraum des Kommissars war es gewesen, selbst einmal an den Hebeln eines Baggers zu sitzen. Was konnte es Schöneres geben, als ein Loch zu graben? Wieder und wieder senkte der Friedhofsgärtner die Schaufel in die Tiefe, um die Erde sodann neben dem Grab auf einen Haufen rieseln zu lassen. Als er die Schaufel ein weiteres Mal hinabließ, ertönte ein hohles Geräusch. Rasch sprang der Baggerführer aus seiner Kabine und stieg in die Grube hinab, um die Gurte unter der Kiste durchzuziehen. Als er damit fertig war, befestigte er die Gurtenden an seiner Baggerschaufel und hob sie vorsichtig an, bis auch der Sarg von Dotterweich in der Luft schwebte. Mütze staunte über das gekonnte Fischgrätdesign der Totenkiste, in das jede Menge Paragrafenzeichen eingelassen waren.

Im selben Moment strichen die Scheinwerfer eines Autos die Gräberreihen entlang, Georg Himmelreich kam zurück. Fast schon routiniert verluden sie nun den Sarg des ehemaligen Amtsrichters, und der Bestatter fuhr wieder davon.

»So«, sagte Mütze, »jetzt fehlt nur noch Dreiheilig, der Schornsteinfeger. Wenn er nicht schon im Himmel ist, bei diesem Namen.«

Brummend setzte sich der Bagger in Gang. Am liebsten hätte Mütze den Leichengräber gefragt, ob er ihn nicht mal an die Hebel lassen würde. Wie präzise der Mann die Schaufel ansetzte, faszinierend! Der Kommissar schaute so aufmerksam zu, dass er nicht bemerkte, wie durch eine Lücke in der Friedhofsmauer ein Augenpaar starrte.

23. KAPITEL

Viele fanden in dieser Nacht nicht in den Schlaf, wenngleich aus den unterschiedlichsten Gründen nicht. Auch Gunda Dreiheilig kam nicht zur Ruhe. Die Schornsteinfegerswitwe schüttelte es krampfhaft, heiße Tränen durchnässten ihr Kissen. Es waren aber keine Tränen der Trauer, es waren Tränen der Wut. »Für immer dein!« Wie um sich selbst zu peinigen, ließ die Witwe vor ihrem inneren Auge die Gesichter sämtlicher Frauen vorbeiziehen, denen sie die Schandtat zutraute, darunter auch die Gattin manches Rotariers. Christine, die Gattin von Freund Gensekiel, warum hatte sie vor Rührung seufzen müssen? Und Susanne, Hufschnabels Drittfrau, was war mit der? Die schnappte sich doch jeden Kerl, der nicht bei drei auf den Bäumen war. Sich vorzustellen, wie dieses Miststück ihrem Manfred die Tür geöffnet hatte, in ihrem seidenen Kimono, wie sie mit ihm zum offenen Kamin gegangen war, wie sie neckisch in den rußigen Rauchfang gedeutet hatte und dabei wie zufällig ihr nacktes Bein hatte blinken lassen, wie ihr Mann darauf, ihr Guter, die Kontrolle über sich verloren hatte, wie es ihn überkam, trotz seines schmutzigen Anzugs, wie er dieses Luder auf dem Bärenfell vor dem Kamin ... oh, sie durfte nicht daran denken, nicht daran denken! Heißer noch stürzte es aus Gundas Augen. Sie hätte sie erwürgen können, die falsche Schlange! Oder ob es nicht Susanne war, sondern etwa

Babsi? Hatte Manfred nicht mal erwähnt, dass er Babsis rheinischen Singsang echt sympathisch fände, geradezu sexy? Ob Babsi ihm zugeflötet hat: »Dat is ever fein, lev Jong, datte jekomme bis, ming Kamin zu putzen.« Oh, oh, oh … wenn nur die Ungewissheit nicht gewesen wäre! Gunda hielt es nicht länger im Bett. Sie sprang auf, lief ins Bürozimmer ihres Mannes, riss die Schubladen auf und fing an zu wühlen. Irgendetwas musste doch zu finden sein, eine Notiz, ein Brief, eine Locke vielleicht. Wütend leerte sie den Schreibtisch, warf alles auf den Boden. Nicht eher würde sie ruhen, bis sie dahintergekommen war, sonst war an ein Weiterleben nicht zu denken.

24. KAPITEL

»Wir müssen zu einer Entscheidung kommen«, sagte der Präsident.

Seine beiden rotarischen Freunde sahen ihn seufzend an, Freund Guttenberg und Freund Trebbisch, der Schatzmeister, der statt Gensekiel gekommen war.

Die Stimmung war trübe. Es war die schwierigste Zeit in ihrem Klubleben, seit die Sache mit dem armen Wiggerl passiert war.

»Nun«, sagte Pirkheimer, »wer kommt in Betracht?«

Es half ja nichts, ständig nur an die Toten zu denken, das Leben ging weiter, und in einem halben Jahr musste ein neuer Präsident her. Die Zeit lief ihnen davon. Wieder saß man im Eck der Uttenreuther Bäckereifiliale, wieder bei Kaffee und Apfelschnecke, wieder war es Dienstagvormittag. Freund Guttenberg war es, der den kürzlich im kleinen Kreis ausgetüftelten Vorschlag vorsichtig ins Gespräch brachte: »Wie wär's mit Freund Deusel?«

Freund Deusel war erst vor fünf Jahren Präsident gewesen, aber was half's? Angesichts der knappen Personalsituation durfte man nicht wählerisch sein. Deusel hatte den Job nicht schlecht gemacht, auf ihn war Verlass, und das war das Wichtigste.

»Freund Thürauf wird kochen vor Wut«, gab Freund Trebbisch zu bedenken.

»Und wenn schon«, erwiderte ihm der Doktor, »ich weiß ja nicht, wie gut deine Lateinkenntnisse sind, lieber Günther. Weißt du, was Freund Thürauf am Grab gesagt hat, als er Freund Gensekiel seine Schüppe Erde hintergeworfen hat? ›Sid tibi terra levis‹ oder so ähnlich, um nach einer bedeutungsschweren Pause zu übersetzen: ›Die Erde sei dir leicht.‹ Und natürlich musste er sein Latein auf eine Weise deklamieren, dass es alle Umstehenden mitbekommen mussten. Die arme Christine, sie tat mir so leid. Und denkt nur an den anschließenden Leichenschmaus! Habt ihr mitbekommen, mit welchen Worten er mit Christine angestoßen hat? ›Mors certa, hora incerta!‹ Ihr hättet sehen sollen, mit welchen Blicken ihn Christine angestarrt hat. Danach natürlich wieder die unvermeidliche Pause und dann die Übersetzung: ›Der Tod ist sicher, nur die Stunde ist ungewiss.‹ Sicher war ich mir in diesem Moment nur über eines: Wenn Freund Thürauf Präsident wird, erkläre ich meinen Austritt. Zudem: Denk an deine Babsi! Was meinst du, was sie dazu sagen wird, wenn die gute Hiltrud zur Präsidentengattin aufsteigt.«

Trebbisch entfuhr ein Schnauben, und sein Blick wurde trübe. Das war leider zu wahr. Babsi würde toben und ihn ein Jahr lang zu keinem Meeting begleiten. Nein, Freund Thürauf kam nicht infrage, so sehr er auch nach dem Amte drängte.

»Wisst ihr, was seine erste Amtshandlung sein würde?«, fragte der Doktor mit einem bitteren Lächeln, um die Antwort gleich darauf selbst zu geben: »Er würde seinen Namen latinisieren.«

»Wie müssten wir Freund Thürauf dann ansprechen?«

»Amicus Aperi Porta, oder so ähnlich.«

»Amicus Aperi Porta?«

Die Freunde mussten prusten. Wie gut das tat, endlich mal wieder etwas zu lachen zu haben!

25. KAPITEL

Der Tag war über die Hügel der Fränkischen Schweiz gerutscht, die Nacht zum Mittwoch hereingebrochen. Immer noch schwappte die Nebelsuppe über Mausgesees, und um die einsamen Straßenlaternen kreisten trübe Heiligenscheine. Konnte es sein, dass der Nebel auch die Geräusche schluckte? So still war es Freund Pirkheimer noch nie vorgekommen, eine beängstigende, eine lähmende Stille, die oben am Epperlesberg, wo sich sein Haus befand, noch schlimmer war. Wenn doch Anne bei ihm wäre und unter ihrer Bettdecke fröhlich glucksen würde. Wo sie wohl gerade war? In einem karibischen Hafen oder vor Anker auf hoher See? Nie hätte er geglaubt, dass Anne wild auf ein Abenteuer gewesen wäre, schon die jährliche Überfahrt nach Wangerooge, ihre allaugustliche Urlaubsinsel, hatte sie stets nur mit reichlich blassem Gesicht ertragen. Sie wurde so leicht seekrank. Und nun mit einer Jacht um die Welt, das passte doch gar nicht zu ihr.

Pirkheimer sah ins Dunkel hinaus. Da war man über 20 Jahre mit einem Menschen zusammen und meinte, alles über ihn zu wissen, aber was wusste man schon tatsächlich? Vielleicht erfuhr man 20, vielleicht 30 Prozent, aber doch nicht viel mehr, selbst von seinem Lebenspartner nicht. Etwas Ähnliches hatte er mal in einer Zeitung gelesen. 30 Prozent, was war das schon. Allenfalls die Spitze des Eisbergs. Psychologie hätte er nie studieren können, Psychologie war so wenig verlässlich. Ganz anders der Maschinenbau. Auch da konnte etwas schiefgehen, auch da gab es Überraschungen, ganz klar, aber nicht in diesem Umfang. Vor allem aber konnte man aus technischen Fehlern lernen, konnte Abhilfe schaffen, dass sie sich nicht wiederholten. Wer aber lernte etwas aus menschlichen Fehlern? Der Mensch war eine höchst unvollkommene Maschine, wer sich auf einen Menschen verließ, der war verlassen.

Und dann ausgerechnet Knüllwald! Ganz klar, für Knüllwald war es ein Triumph! Der ewige Loser, dem auch seine ererbten Millionen zu keinerlei Ansehen verholfen hatten, jetzt hatte er es geschafft, jetzt hatte er sich die Frau des Präsidenten geschnappt. Anfangs hatte Pirkheimer den Verdacht gehabt, Knüllwald sei es allein darum gegangen, ihn zu kränken. Aber warum gerade ihn? Hatte nicht er, Pirkheimer, die Freunde stets zur Mäßigung aufgerufen, wenn die Empörung hochgeschwappt war, weil sich Knüllwald mal wieder eine Extravaganz geleistet hatte? So wie letztes Jahr, als es um die Einteilung der Freunde für den Losverkauf auf dem Weihnachtsmarkt gegangen war. »Wie viel Kohle kommt pro Stunde denn üblicherweise zusammen?«, hatte Knüllwald gefragt. »Etwa 100 Euro«, hatte es geheißen. »Dann spende ich 1.000 Euro, lasse die Losbude Losbude sein und stelle mich in meinem Zeitfenster lieber an den Glühweinstand«, hatte er lachend gesagt und einen Scheck gezogen.

Wieder einmal war klar geworden, wie wenig Knüllwald von der rotarischen Idee verstand. Es ging doch nicht darum, möglichst viel Geld für einen guten Zweck zu sammeln, das auch, jedoch nicht in erster Linie. Wichtiger war doch das Gemeinschaftserlebnis und auch die Wirkung nach außen: Seht her, wir Rotarier sind uns nicht zu schade, bei Wind und Wetter an unserer Losbude zu stehen und für einen guten Zweck zu frieren! Damit die Gesellschaft nicht auseinanderfällt, damit die Unterschiede etwas geglättet werden, ja, auch darum ging es, den Sozialneid zu mindern, der in Deutschland so tief verwurzelt war. Solche Erwägungen aber gingen nicht in Knüllwalds Kopf hinein. Er glaubte, sich alles kaufen zu können, selbst die Frauen. Arme Anne! Wie konntest du nur auf so einen Dummkopf hereinfallen.

Als Pirkheimer nach Annes Kissen griff, um seine Nase hineinzustecken – es duftete immer noch nach Mandarine und einem Hauch Basilikum – vernahm er ein ungewohntes Geräusch. Es kam von draußen, vom Balkon her. – Da! Wieder! Kein Zweifel, da machte sich jemand am Haus zu schaffen, vielleicht an der Tür, die zum Ankleidezimmer führte. Pirkheimer hielt den Atem an und sah auf den Wecker. Zehn Minuten nach Mitternacht, das hieß, es war bereits Mittwoch geworden. Mittwoch! Ein heißer Schrecken durchzuckte den Präsidenten und doch war er unfähig, sich zu rühren. Da! Dieser Schatten hinter der Scheibe! Was war das? Endlich nahm er sein Herz in die Hand, sprang aus dem Bett, lief zum Fenster und sah auf den Balkon hinaus. Ein Tier, ein Marder! Er sah Freund Pirkheimer mit funkelnden Augen an, dann sprang er in die Dunkelheit davon.

26. KAPITEL

Der Morgennebel hatte sich etwas gelichtet, als ein Traktor mit Anhänger in den Schlachthof tuckerte. Freund Deusel bekam glänzende Augen, als er sah, was da aus dem Tiertransporter spazierte, ein Galloway-Rind der feinsten Sorte! Lachend hob der junge Bauer Kunreuther die Hand zum Gruß.

»Da staunst du, Deusel, nicht wahr? Den Brummer hatte mein Vater noch angeschafft, Gott sei seiner Seele gnädig.«

Freund Deusel tätschelte das Rind am Hals. Was für ein Prachtstück! Das lange gewellte Deckhaar glänzte golden in der Morgensonne, der Bulle brachte locker 1.000 Kilo auf die Waage. Er hatte den ganzen Winter im Freien verbracht, durch sein dichtes Unterfell fror er nicht. Sein Fleisch war eine Köstlichkeit, marmoriert und von feinen Fettadern durchzogen, saftig und würzig zugleich, Kunststück, schließlich hatte er ausschließlich Gras und Kräuter gefressen, für ein Galloway-Steak zahlte die Gastronomie astronomische Preise. Deusels Hauptabnehmer war die *Leckerei*, Jimmy »Chicken« Malzan, der Koch, schwor auf die schottischen Rindviecher.

Wichtig war es, den Bullen, der durch den Transport nervös geworden war, wieder zur Ruhe kommen zu lassen, bevor er geschlachtet wurde. Je entspannter ein Tier war, das zur Schlachtbank geführt wurde, desto besser schmeckte sein Fleisch. Für diesen Zweck besaß Deusel eine kleine Koppel hinter seinem Schlachthaus, der junge Kunreuther kannte sich aus und hatte seinen Transporter rückwärts vor das geöffnete Gatter gefahren, durch das der gedrungene Bulle nun in die Koppel lief.

Freund Deusel zückte den Geldbeutel und drückte dem Jungbauern die verabredete Summe in die Hand. Grüßend und mit erhobener Hand tuckerte Kunreuther wieder davon. Freund Deusel schloss das Gatter hinter sich und ging auf den immer noch etwas nervös wirkenden Bullen zu. Der Schlächter kannte sich aus. Er hatte eine Methode, noch das unruhigste Rindvieh zu beruhigen. In seiner Tasche steckte immer eine Handvoll Kraftfutter-Pellets, dieser Delikatesse konnte kein Bulle widerstehen, auch ein Galloway nicht. Kaum hatte Freund Deusel seinen Arm ausgestreckt, da kam der Fleischriese schon näher, schnupperte und fuhr mit seiner nassen Zunge über die Handfläche. Deusel musste lachen, die Zunge war so rau, dass es kitzelte. Aus der Zunge ließ sich ein wunderbares Ragout zubereiten, auch gepökelt oder geräuchert einfach zum Dahinschmelzen. Locker 5.000 Euro würde er für das Fleisch des Muskelprotzes kriegen, vielleicht sogar 6.000, ein schönes Geschäft.

Der Schlachthofbesitzer hatte sich gerade umgedreht, um die Koppel wieder zu verlassen, da hörte er plötzlich ein wildes Schnauben. Erschrocken blickte er sich um. Das Letzte, was er von dieser schönen Welt sah, war der Bulle, der auf ihn zustürmte. Die Arme vors

Gesicht reißend und rückwärts stolpernd, versuchte Freund Deusel noch verzweifelt, das Gatter zu erreichen, dann wurde er von dem Rindvieh niedergetrampelt, und um ihn herum wurde es Nacht.

27. KAPITEL

»Non mortem timemus, sed cogitationem mortis – Wir fürchten nicht den Tod, sondern nur die Vorstellung des Todes.«

Musste das sein? Mitten in die Trauerminute hinein? Präsident Pirkheimer öffnete blinzelnd ein Auge und sah voller Verachtung zu Freund Thürauf hinüber. Ausgerechnet in dem Moment, als sie alle in Gedanken bei ihrem lieben Freund Deusel waren, musste der Kerl mit seinem Latein daherkommen! Was für ein ignoranter Tollpatsch! Auch die anderen Freunde verzogen schmerzhaft das Gesicht. Viele waren es ja nicht mehr, Freund Trebbisch, Freund Hufschnabel, Freund Göllner und, gelb wie immer, Freund van der Brink. Auch Freund Guttenberg war anwesend. Der Doktor hatte ihnen zu

Beginn des Meetings die Todeskunde überbracht. Von Freund Deusels Frau Mechthild zu Hilfe gerufen, hatte er nichts mehr für den Ärmsten tun können. Die Hufe des Bullen hatten dessen Brustkorb zermalmt. Wie Streichhölzer müssen die Rippen unter der Last zerbrochen sein.

»Pneumothorax«, seufzte der Doktor, »die Lunge ist kollabiert wie ein Luftballon. Sekundentod.«

Die Freunde setzten sich wieder. Nun waren sie nur noch zu siebt. Dass ausgerechnet ein Bulle aus dem Stall ihres verstorbenen Freundes Kunreuther Freund Deusel das Licht ausgeblasen hatte, machte dessen Tod umso tragischer.

»Wenn er nicht so liebevoll mit den Tieren umgegangen wäre, wäre das nicht passiert«, sagte Freund van der Brink mit pietätvoll gesenkter Stimme.

Die anderen nickten. Jeder konventionelle Schlächter hätte kurzen Prozess gemacht und die Viecher vor deren Tod nicht noch mit der Hand gefüttert, um sie zu beruhigen.

»Die kleinste Kleinigkeit hat ihn aus der Fassung bringen können, so nervös wie er durch den Transport gewesen sein muss, ein Wespenstich vielleicht, vielleicht ein aufgescheuchter Hase, und er ist in Panik drauflosgestürmt«, sagte der Doktor.

»Und Mechthild?«

Freund Guttenberg zuckte mit den Schultern. »Ich schau später nochmal nach ihr.«

Harry Bäuml, der Wirt des *Grünen Baums*, streckte seinen fleischigen Kopf durch die Tür. »Darf schon serviert werden?«

28. KAPITEL

Das Meeting war beendet, und alle standen erschöpft auf, natürlich erst, nachdem Freund Thürauf seine obligatorische Schlussfrage an den Referenten gestellt hatte. Der Vortrag war eindeutig zu lang ausgefallen. Freund Trebbisch hatte ein Referat über die Geschichte des Bleistiftspitzerwesens gehalten. Trotz des großen Erfolgs seiner Firma, die, von seinem Urgroßvater gegründet, stets im Familienbesitz geblieben war, wurmte es ihn, dass die Geschichte des Bleistiftspitzers stiefmütterlich behandelt wurde, vor allem gegenüber der Geschichte des Bleistifts, völlig zu Unrecht natürlich, denn was wäre der beste Bleistift ohne Spitzer? Dass seine Spitzer im Schatten des Bleistifts standen oder besser lagen, hatte auch einen regionalgeschichtlichen Grund: Die Bleistifte aus Nürnberg und Umgebung genossen lange schon Weltruhm. Besonders die Produkte der Firma *Faber* waren bei Künstlern rund um den Globus beliebt, den Namen *Faber* kannte jeder, wer aber kannte schon *Trebbisch*, den Namen des Bleistiftspitzerherstellers? So hatte es sich Freund Trebbisch zur Aufgabe gemacht, nicht nur die anerkannt besten Spitzer herzustellen, sondern darüber hinaus alles zu tun, deren Ruf bekannter zu machen. Vorträge über die Herstellung von Bleistiftspitzern hatte er im Klub schon viele gehalten, ja man konnte sagen, dass kein rotarischer Klub der Welt besser über Bleistiftspitzer informiert war als der Klub aus Mausgesees, nicht nur über den Schliff der Klingen, auf den alles ankam, nicht nur über die Erfindung der Spitzertaille und die der geriffelten Längsrillen, die sein Vater ausgetüftelt hatte, auch über die Verankerung am Bürotisch des kurbelgetriebenen Geräts für Vielspitzer mittels eines speziellen Schraubstocks hatte Freund Trebbisch schon berichtet. In dem aktuellen Vortrag hatte er es sich zur Aufgabe gemacht, einen historischen Abriss über die Entwicklung des Spitzerwesens zu geben, angefangen beim Steinzeitmenschen, der mit scharfen Steinsplittern saftige Erlenzweige zugespitzt hatte, bis hin zum ersten Spitzer aus dem 3-D-Drucker. Seinen Vortrag hatte Freund Trebbisch durch Einsatz des klubeigenen Diaprojektors illustriert, den Freund Hufschnabel, der Diaprojektorbeauftragte, äußerst behutsam bediente, gab es für das Gerät doch keine Ersatzbirnen mehr zu kaufen. Insgeheim hoffte Pirkheimer, das alte Ding würde endlich seinen Geist aufgeben, damit sie mit einem modernen Beamer arbeiten konnten, doch dieser Wunsch traf nicht auf allgemeine Zustimmung. Die Diasammlungen der Freunde waren beachtlich und mit viel Liebe im Laufe der Jahrzehnte gewachsen, höchst ungern mochte man sich von ihnen trennen, ja, Freund van der Brink besaß noch glasgerahmte schwarz-weiß Dias, auf denen sämtliche kommunale Backöfen der Fränkischen Zeit abgelichtet waren, samt trachtentragenden Bäuerinnen, welche mit langen gestielten Brettern hantierten. Sollte man solche Zeitdokumente einfach in den Müll werfen?

Bevor man auseinanderging, wies der Präsident bei

seinen Schlussworten noch einmal auf den traditionellen Gänsemarsch am kommenden Sonntag hin: »Um 10 Uhr dann am Wanderparkplatz, ich bitte um pünktliches Erscheinen.«

Als die Freunde den *Grünen Baum* verließen, fuhr mit quietschenden Reifen ein roter Manta vor. Aus dem Wagen schwang sich Kriminalkommissar Mütze.

»Ich darf Ihnen mein Beileid ausdrücken«, sagte der Kommissar zum Präsidenten, »schon wieder hat es einen Ihrer Freunde erwischt, schon wieder an einem Mittwoch.«

»Was wollen Sie von mir?« Pirkheimer sah den Polizisten mit sichtlicher Empörung an.

»Ich komme gerade vom Hof Ihres verstorbenen Freundes Kunreuther.«

»Ja und?«

»Hatte für Frau Kunreuther eine betrübliche Nachricht im Gepäck, von Professor Krautwurst, unserem Rechtsmediziner. Bei Ihrem exhumierter Freund Kunreuther hat sich leider kein Tropfen Gülle in der Lunge finden lassen.«

Pirkheimer verzog angewidert das Gesicht. Was sollte das heißen, was war daran betrüblich?

»Das heißt, Ihr Freund Kunreuther hat nicht mehr gelebt, als er in die Güllegrube fiel. Man hat seine Leiche in der Grube entsorgt, um es wie einen Unfall aussehen zu lassen. Aber es kommt noch besser, Herr Präsident, wie ich gerade mit der Witwe plaudere, kommt der Sohnemann mit seinem Traktor um die Ecke getuckert, den Bullen auf seinem Tiertransporter. Und was muss ich erfahren? Das Vieh hat kurz zuvor Ihren Freund Deusel totgetrampelt. Da sag ich zu mir, Mütze, sag ich, schau dir den Bullen doch mal etwas genauer an, und bin auf die Weide.«

»Und?«

Statt eine Antwort zu geben, griff Mütze in die Innentasche seiner Schimanski-Jacke und zog einen Frischhaltebeutel heraus.

»Erkennen Sie, was darin baumelt?«

Verdutzt fingerte Pirkheimer seine Lesebrille aus dem Mantel. In dem Beutel war ein spitzer Gegenstand zu erkennen.

»Ein kleiner Pfeil, wie man ihn mit dem Blasrohr verschießt«, sagte Mütze und sah den Präsidenten scharf an, »er steckte im Hintern des Rindviechs. Die Federn scheinen von einem Vogel zu stammen, keine Chemie. Herr Pirkheimer, ich erwarte Sie und Ihre Freunde in einer Stunde auf dem Präsidium.«

29. KAPITEL

Sieben Herren, sechs blasse Gesichter und ein fahlgelbes. Stumm saßen sie auf dem Gang des Erlanger Polizeipräsidiums, vor dem Dienstzimmer von Mütze. Schon auf der Fahrt waren alle höchst einsilbig geblieben. Seit der Geschichte mit Wiggerl, die ja nun schon Jahre zurücklag, hatten sie eine solche Katastrophe nicht mehr erlebt. Freund Hufschnabel hatte sie in seinem Kleinbus mitgenommen. Er besaß mit Abstand die meisten Enkelkinder, wenn er auch von den Großmüttern getrennt lebte, um sich ganz seiner Drittfrau widmen zu können. Während man darauf wartete, zur Vernehmung aufgerufen zu werden, hing jeder seinen Gedanken nach. Auf der Stirn des Präsidenten quoll eine Schweißperle. War es schon furchtbar genug, sich von sechs Freunden hintereinander verabschieden zu müssen, so war die Vermutung unerträglich, dass jemand aus dem Klub etwas mit diesen Taten zu tun haben sollte. Daran aber schien dieser Mütze zu glauben. Warum sonst hätte er sie aufs Präsidium geladen? Freund Stanglmaiers Tod schien der Polizei mehr als verdächtig. Das angespitzte Rohr, ob es ihm eine Mörderhand ins Hirn gerammt hatte? Bei Freund Kunreuther schien sich die Polizei sicher, dass man ihn um die Ecke gebracht hatte, er war nicht in der Gülle ertrunken, er war schon tot gewesen, bevor er hineingefallen war. Dann die Sache mit dem armen Freund Gensekiel, reichlich ungewöhnlich, mit seinem Schal in

einen Fleischerhaken zu geraten. Und ob Freund Dreiheilig tatsächlich an Herzversagen gestorben war? Auf
dem WC des *Grünen Baums*? Das Ergebnis der Obduk-
tion hielt dieser Mütze noch geheim, ebenso das von
Freund Dotterweich. Und dann dieser Pfeil im Hintern
des Bullen ... Ob Freund Deusel Opfer eines hinter-
hältigen Anschlags geworden war? Wer aber käme auf
eine solch teuflische Idee? Und warum?

Einer nach dem anderen wurde nun zu Mütze hin-
eingerufen, einer nach dem anderen wurde vernommen,
nach seinem Alibi befragt, nach verdächtigen Beobach-
tungen. Besonders die Vernehmung von Freund Thürauf zog sich hin, erstens, weil sich der Oberstudienrat
geschmeichelt fühlte, von der Polizei wichtig genommen zu werden, zweitens, weil er seine Zeugenaussagen
mit jeder Menge lateinischer Sprüche würzen konnte.
So begrüßte er den Kommissar, schelmisch auf die Situation der Mausgeseeser Rotarier anspielend, mit »Mori-
turi te saluntant – Die Totgeweihten grüßen dich!«, und
verabschiedete sich mit einem aufmunternden: »Carpe
diem – Nutze den Tag!«

Die Rückfahrt im Enkelbus von Freund Hufschnabel absolvierten die sieben Freunde wieder schweigend.
Während man die Schwabach entlangfuhr, hinaus in die
Prärie, blickten sie aus dem Fenster in den trüben Tag.
Der Präsident aber kratzte sich am Hals, denn er hatte
plötzlich das Gefühl, als würde sich dort eine Schlinge
zuziehen.

30. KAPITEL

Auch wenn keiner richtig Lust hatte, Tradition war Tradition. Der erste Advent war gekommen und damit der Tag des Gänsemarschs. An jedem ersten Adventssonntag versammelten sich die Freunde am Wanderparkplatz von Kirchehrenbach, um gemeinsam auf das Walberla zu steigen, den heiligen Berg der Franken, wo man oben einen Glühwein zu sich nahm und anschließend auf der anderen Seite hinabstieg und bei *Kathie* einkehrte. Die Nacht hatte den ersten Reif gebracht. Fröstelnd stand man auf dem Parkplatz beisammen. Auch die Frauen waren gekommen, Friederike van der Brink, die Bäckersgattin mit den wunderbaren Oberarmen, Babsi Trebbisch, rheinisch gut gelaunt, allen Ereignissen zum Trotz, und Hiltrud Thürauf, die Expertin für Deutsch und Geschichte, die sich an die Bäckersfrau hielt, um sich nicht mit Babsi unterhalten zu müssen. Wie immer etwas abseits und eher den Männern zugewandt, stand Susanne Hufschnabel, von den anderen Damen kurz und frostig begrüßt, was ihr mittlerweile egal zu sein schien, die Männer waren ihr ohnehin lieber, zumal diese niemals auf die Idee kommen würden, am Status einer Drittfrau Anstoß zu nehmen. Sie waren in dieser Beziehung deutlich toleranter.

Wer nicht gekommen war, das waren die Witwen. Der Präsident sah auf die Uhr. Zunehmend ungeduldig wartete man noch auf Freund Göllner, der natürlich wieder allein kommen würde. Seine Ehefrau Antoinette hatte noch niemand zu Gesicht bekommen, offiziell zumindest nicht. Warum sie die Treffen mied, blieb ihr Geheimnis und das ihres Ehemanns. Dass Freund Göllner sich verspätete, verwunderte keinen, seine Extra-Zehn-Minuten waren legendär. Als die zehn Minuten verstrichen waren und von Freund Göllner immer noch nichts zu sehen war, beschloss man aufzubrechen. Freund Göllner kannte den Weg ja, er würde schon noch kommen, sportlich, wie er war, hatte er sie bald eingeholt.

Hinter einem gefassten Brunnen führte ein schmaler Weg steil bergauf, ein Hohlweg von Hecken gesäumt, an deren Zweigen noch herbstliche Früchte hingen, Schlehen und Hagebutten, vom Reif verziert. Der Tag versprach, schön zu werden, die Sonne ließ schon den östlichen Teil des Gipfels erstrahlen. Man ging in kleinen Gruppen, aber selbst denjenigen, die sich vorgenommen hatten, nicht über die Todesfälle zu sprechen, gelang es nicht, das Thema zu meiden. Den Schluss bildete Freund van der Brink, dem sein Bandwurmleiden sichtlich zu schaffen machte, auch wenn er versuchte, sich nichts anmerken zu lassen. Der Präsident ging vorweg, einen großen Wanderrucksack auf dem Rücken, aus dem rhythmisch schwappende Geräusche erklangen. Begleitet wurde Pirkheimer von Freund Guttenberg.

»Tragisch, die Sache mit Freund Deusel«, sagte der Doktor, »ein Pfeil, möchte man's glauben? Wer wohl dahintersteckt?«

»Was glaubst du, Friedel, wie ich mir den Kopf zermartere. Vielleicht war es nur ein Dummerjungenstreich.«

»Ja, vielleicht.«

Freund Guttenberg schien nicht überzeugt. Lange hatte er an Zufälle glauben wollen, an eine Häufung tragischer Begebenheiten. Nun aber war er seufzend zum Realisten geworden, der Präsident konnte es ihm nicht verdenken. Mittwoch für Mittwoch ein Todesfall, und einer seltsamer als der andere, da steckte eine perfide Logik dahinter.

»Ich meine, wer hat was gegen uns Rotarier?«, sagte der Doktor. »Wessen Zorn haben wir auf uns gezogen?«

»Es kann nur ein Verrückter sein, glaub mir, Friedel, ein verdrehtes Hirn.«

»Oder jemand, der sich zurückgewiesen fühlt, jemand, den wir nicht wollten. Es ist wie im richtigen Leben, kein größerer Hass als der aus verschmähter Liebe.«

Lag es an dem steilen Anstieg? Freund Pirkheimer spürte, wie ihm der Schweiß ausbrach. Genau diese Vermutung hatte ihm gegenüber bereits der Kommissar ausgesprochen. Pirkheimer hatte ihm lebhaft widersprochen. Das wäre schon deshalb nicht möglich, weil man sich bei den *Rotariern* nicht bewerben könne. Das Aufnahmeverfahren sei kompliziert. Man würde nämlich von den *Rotariern* ausgeguckt. Habe man jemand Passenden im Auge, würde als Nächstes vorsichtig ausgelotet, ob bei dem Auserwählten überhaupt Interesse bestünde, sodann dieser zu einem Probevortrag eingeladen, bei dem sich alle ein Bild von dem potenziellen

Kandidaten machen können. Habe man einen guten Eindruck gewonnen, wird der Kandidat gefragt, ob er dem Klub beitreten möchte. Allerdings nur, wenn kein anderer Freund widerspricht. Das Prinzip der Einstimmigkeit sei Grundlage des Freundschaftsbundes, hatte Pirkheimer Mütze versichert. Was er dem Kommissar trotz dessen Nachfrage aber nicht verraten hatte, war, dass die Ablehnung eines allgemein anerkannten Kandidaten zwar äußerst selten sei, dass eine solche aber schon vorgekommen sei.

»Du denkst jetzt nicht an Harry Bäuml«, sagte Guttenberg.

Harald Bäuml, der Wirt des *Grünen Baumes*. Tatsächlich hatte er, schon vor Jahren, einige Freunde angesprochen, ob sie nicht einen Wirt in ihren Reihen gebrauchen könnten. Er sei doch eh immer im Haus, es würde ihm keinerlei Umstände bereiten, sich mittwochs mit dazuzusetzen. Man hatte es für einen Scherz gehalten. Nicht, dass man sich nicht vorstellen konnte, einen Wirt aufzunehmen, da hatte man nicht den geringsten Dünkel, wenn aber ein Wirt, dann den Betreiber einer gehobenen Gastronomie und keinen Dorfsimpel, der abends mit dem letzten Gast um die Wette soff.

»Er kennt uns alle, kennt alle unsere Gepflogenheiten«, sagte Pirkheimer.

In derselben Sekunde tat es ihm bereits leid, dass ihm der Satz herausgerutscht war. Guttenberg nickte unbestimmt, schweigend setzten sie den Weg fort.

Ganz anders das Gespräch zwischen den Damen des Klubs, die den beiden mit einem gewissen Abstand folgten. Friederike van der Brink ging in der Mitte, bewusst ein Bollwerk zwischen Babsi und Hiltrud bildend, was ihr dank ihrer imposanten Oberarme auch bestens gelang.

»Gut, dass wir für uns sind«, begann die Bäckersgattin das Gespräch, »ich brauche euren Rat in einer etwas heiklen Angelegenheit.«

Heikle Angelegenheit? Babsi und Hiltrud lauschten gespannt. Das versprach Abwechslung!

»Ich weiß, dass ich mich auf eure Diskretion verlassen kann«, fuhr Friederike fort. »Seit einigen Tagen quält mich eine Frage, bei der ihr mir vielleicht helfen könnt. Was würdet ihr tun, wenn ihr die Frau eines guten Freundes heimlich dabei beobachtet, wie sie mit einem anderen Kerl zusammen ist?«

»Das kommt drauf an«, sagte Babsi überrascht und schmunzelte.

»Worauf?«

»Auf ihren Mann natürlich. Eventuell nämlich müsste ich ihr dann meinen Glückwunsch aussprechen.«

»Wenn ihr Mann aber ein ganz feiner ist, ein echter Gentleman?«

»Ach, ein echter Gentleman«, seufzte Babsi und verdrehte künstlich die Augen, »es gibt eben Frauen, die ziehen einem echten Gentleman einen echten Hallodri vor.«

»Was willst du damit sagen, Babsi?«, wollte Hiltrud wissen und nahm eine steife Haltung ein.

»Nichts, nichts, war nur ein Spaß. Ich meine, ein echter Gentleman ist sicher das Beste, was einem passieren kann, ganz klar, und doch kann es vorkommen …«

»Kann was vorkommen?«

»Das man sich langweilt.«

»Ich hab mich mit meinem Mann noch nie gelangweilt«, sagte Hiltrud empört, »langweilen kann man sich mit einem gebildeten Mann nur, wenn man selbst keine höheren Interessen besitzt.«

»Gewiss«, entgegnete Babsi und konnte sich einen leisen Spott nicht verkneifen, »und wenn man sich dann über die höheren Interessen auch noch auf Lateinisch austauschen kann …«

Friederike hatte gewöhnlich nichts dagegen, wenn sich die beiden stritten, ganz im Gegenteil, nun aber schritt sie entschlossen ein. Das Eigentliche hatte sie doch noch gar nicht erzählt, und darüber war sie verstimmt. Warum erkundigte man sich nicht endlich nach den Hintergründen ihrer Frage?

»Aber nun spann uns nicht länger auf die Folter«, sagte Babsi, als könne sie Gedanken lesen, »kennen wir die Frau etwa und vielleicht auch ihren Mann und am besten noch den anderen, mit dem sie sich amüsiert.«

»Mit dem sie ihn betrügt, wolltest du sagen«, fügte Hiltrud hinzu, aber Babsi war viel zu neugierig, als dass sie darauf eingegangen wäre.

»Also gut«, räusperte sich Friederike, »wie gesagt, ich verlass mich ganz auf eure Diskretion. Es war Samstag vor einer Woche. Ich fahre nach Nürnberg, um ein paar Kleinigkeiten zu besorgen, als ich die Fußgängerzone entlang gehe und noch schnell beim *Breuninger* reinschlüpfe. Und wen, glaubt ihr, sehe ich oben an der lauschigen Bar sitzen? Didi Knüllwald! Mit Anne an seiner Seite, Anne Pirkheimer!«

Babsi und Hiltrud machten große Augen.

»Bist du dir sicher, Friederike?«

»Todsicher! Hören tue ich nicht mehr so gut, aber meinen Augen entgeht nichts. Dicht an dicht sitzen die beiden Turteltäubchen beisammen und stoßen mit einem Gläschen Schampus an. Und neben Annes Füßen – ihr kennt sie ja, sie wippt wie immer mit einem Beinchen – lauter gut gefüllte *Breuninger*-Tüten.«

»Unglaublich«, flüsterte Hiltrud, »haben sie dich gesehen?«

»Wie denn? Sie hatten doch nur Augen füreinander.«

Friederike sah den Weg hinauf, auf dem die Freunde Pirkheimer und Guttenberg, die immer noch vorweg gingen, gerade eine Streuobstwiese erreichten. Unwillkürlich verlangsamte die Bäckersfrau ihren Schritt, um dann mit gedämpfter Stimme weiterzusprechen: »Und nun frage ich euch und bitte um eine ehrliche Antwort: Habe ich die Pflicht, den lieben Paul zu informieren? Seht doch, wie er leidet! Ich meine, es geht doch um seine Frau, und er vermutet sie in der Karibik.«

»Untersteh dich«, sagte Babsi, »das geht uns doch nichts an, und außerdem, was würde es Paul schon helfen? Oder meinst du, es macht einen Unterschied, ob seine Anne mit diesem Knüllwald, den ich übrigens für alles andere als für einen Hallodri halte, in der Karibik herumsegelt oder ob sie mit ihm in Nürnberg shoppen geht?«

»Aber natürlich macht das einen Unterschied«, sagte Hiltrud, »die Karibik ist schon schlimm genug, aber mitten in Nürnberg Schampus trinken, das ist doch die Höhe, das kriegt doch jeder mit.«

»Pscht jetzt!«, sagte Friederike und senkte die Stimme.

Oberhalb der Streuobstwiese lag ein Zwischenplateau, auf dem ein Kreuz stand. Dort waren die Freunde Pirkheimer und Guttenberg stehen geblieben, und die Frauen gesellten sich nun hinzu. Sie warteten so lange, bis auch Friederikes Ehemann Freund van der Brink hinterhergekommen war, der von Freund Trebbisch begleitet wurde. Von Freund Göllner war weiterhin noch keine Spur zu sehen.

»Gehen wir weiter?«, fragte der Präsident und griff nach seinem Rucksack.

Alle nickten, auch Freund van der Brink, der sich seine Schwäche nicht anmerken lassen wollte. Also zog man weiter, bis zum Gipfel war es nicht mehr weit. Wieder bildete sich dieselbe Reihenfolge wie zuvor, mit dem Präsidenten und Freund Guttenberg an der Spitze.

»Nun ist die Frage meines Nachfolgers offener denn je«, seufzte der Präsident, »Freund Deusel hätte das Amt sicher ein weiteres Mal übernommen. Wer kommt jetzt infrage?«

Freund Guttenberg beschlich ein unangenehmes Gefühl. Freund Pirkheimer dachte doch nicht an ihn? Er war für eine solche Aufgabe nicht geschaffen, zudem nahm ihn seine Hausarztpraxis noch viel zu sehr in Anspruch.

»Was hältst du von Freund Göllner?«, sagte er.

Pirkheimer schwieg eine Weile.

»Ich verstehe deine Bedenken, lieber Paul, oder meine doch, sie aus deinem Schweigen herauszulesen«, fuhr der Doktor fort, »Freund Göllner ist gelegentlich – wie soll ich sagen? – ein wenig spontan und neigt zu Scherzen, die nicht bei jedem ankommen. Auf der anderen Seite ist er oft erfrischend, und genau das täte uns nach diesem verflixten Jahr allen gut.«

»Erfrischend sicherlich, sicherlich …, aber muss ein Präsident bei seinen vielen Aufgaben nicht auch von seiner Frau unterstützt werden? Wer aber kennt schon die Frau von Freund Göllner? Niemand von uns.«

Jetzt war es Freund Guttenberg, der betreten schwieg. Was sollte er darauf antworten? Sicher hatte Freund Pirkheimer recht, aber dieser Einwand traf doch auch auf ihn selbst zu, wenngleich natürlich völlig unverschuldet. Ob er schon völlig verdrängt hatte, dass Anne ihn verlassen hatte? Konnte das sein?

Der Blick begann sich zu öffnen. Man passierte die kleine Kapelle, die man zu Ehren der heiligen Walburga errichtet hatte, und zog dann weiter zum immergleichen Ort, einem Geländer am Westrand des Gipfels, an dem es senkrecht bergab ging, in schwindelige Tiefen. Wunderbar weit aber ging der Blick übers Land, über das Regnitztal und die nördlichen Ausläufer der Fränkischen Schweiz, fast meinte man, die Turmspitzen des Bamberger Doms erahnen zu können. Am Ufer des Europakanals, der Main und Donau miteinander verband, erhoben sich tief im Süden die Hochhäuser Erlangens. Der Präsident stellte seinen Rucksack ab

und wollte gerade damit beginnen, aus einer Thermos-
flasche Glühwein in die Becher zu schenken, als Friederike van der Brink mit erschrockenem Gesicht auf das
Geländer deutete: »Was ist das?«

Alle sahen zum Geländer und erschraken gleichfalls.
Die untere Querstrebe umfasste ein Karabinerhaken,
daran hing ein Seil, das deutlich unter Spannung stand
und langsam hin und her bewegt wurde. Etwas Schwe-
res schien daran zu hängen. Freund Guttenberg beugte
sich vor und rief: »Rasch! Packt mit an! Da unten baumelt ein Mann! Ich glaube … ich glaube, das ist Freund
Göllner, er bewegt sich nicht mehr.«

Aufregung entstand. Freund Guttenberg und der
Präsident griffen nach dem Seil, Freund Trebbisch eilte
hinzu und half mit. Zusammen zogen sie Freund Göllner hinauf, Meter für Meter. Als er endlich oben auf-
tauchte, griff der vermeintlich Leblose mit beiden Händen nach dem Geländer, riss die Augen auf, lachte und
rief: »Was schaut ihr denn so? Jeder kann sich doch mal
verspäten!« Mit diesen Worten schwang er sich hinüber
und landete auf dem Boden.

Erst nach dem zweiten Bier in Kathis gemütlichem
Gasthaus in Leutenbach entspannte sich die Stimmung
wieder, ja, man wurde direkt übermütig. Gehörig hatte
man Freund Göllner in der Zwischenzeit die Meinung
gegeigt – aber wie! – den ganzen Weg hinab, der auf der
östlichen Seite des Walberlas nach Leutenbach führte,
hatte man mit ihm geschimpft, ja, Babsi hatte sogar mit
ihrem Wanderstock nach ihm geschlagen, bis der Spaßvogel schließlich reumütig um Vergebung flehte. Er ging

auf die Knie, gelobte feierlich Besserung und dass heute alle Getränke auf seine Rechnung gingen, eine Ankündigung, die mit großem Hallo aufgenommen wurde. Noch entspannter wurden die Gemüter, als endlich die knusprigen Gänse aufgetragen wurden, denen der traditionelle Gänsemarsch seinen Namen verdankte, und mit dem herrlichen Duft, den nur gebratene Gänse entwickeln können, war der böse Streich endgültig vergessen. So ein Kerl aber auch! Ihnen solch einen Schrecken einzujagen. Mit dem rechten Gänsemarschappetit griff man kräftig zu. Den Teig für die Kartoffelklöße hatte Kathi selbst gerieben, das schmeckte man, und erst die Füllung der Gänse, die Äpfel und Zwiebeln, ein Gedicht! Auch das Blaukraut war wunderbar aromatisch.

»Nelken und Preiselbeeren«, verriet Friederike van der Brink mit Kennermiene.

Eine leichte Trübung erfuhr die Stimmung nur, als Freund Thürauf einen Blick in die Speisenkarte warf und feststellte, dass es bei Kathi auch Steaks vom Galloway-Rind gab.

»Und wisst ihr, woher? Vom Hof von Freund Kunreuther!«

Man schüttelte sich. An dieses Rindvieh wollte heute keiner mehr auch nur einen Gedanken verschwenden.

»Mörderkuh«, schimpfte Freund Trebbisch, und die anderen nickten und wischten sich die fettigen Lippen ab, Freund Thürauf aber murmelte: »Quod licet Iovi, non licet bovi«, verzichtete jedoch ganz gegen seine Gewohnheit auf die Übersetzung des Spruches, vielleicht, weil er ihm selbst plötzlich etwas unpassend erschien. Denn warum Jupiter besser zum Mörder taugen sollte als ein Rindvieh, war nun wirklich nicht plausibel.

31. KAPITEL

So sehr der Gänsemarsch auch eine willkommene Ablenkung gewesen sein mochte, so erschöpft war Freund Pirkheimer, als er wieder zu Hause ankam. Es war erst 17 Uhr und doch bereits dunkel. Pirkheimer warf sich aufs Sofa, um sich Beethovens *Siebte* anzuhören, seine Lieblingssinfonie. Alle Leiden dieser Welt, hatte sie nicht auch Beethoven durchlitten? Und dennoch hatte er sich nicht unterkriegen lassen, das war vielleicht das Großartigste an seinem Werk, dieses Trotz-Alledem. Pirkheimer schloss die Augen und ließ sich vom Rhythmus der ersten Takte gefangen nehmen. Er spürte, wie alles Schwere von ihm abzufallen begann, wie sich etwas erhob in seiner Seele, wie sie sich befreite von der Trübnis dieser Welt. Als das Hauptmotiv erklang, das so erstaunlich an Mozarts lange unveröffentlichte Sinfonie in D-Dur erinnerte, schellte es an der Tür. Unwillig erhob sich Freund Pirkheimer. Wer mochte das sein? Am Sonntag zu dieser Stunde? Hoffentlich nicht schon wieder dieser Mütze.

Pirkheimer öffnete. Es war nicht Mütze, es war Emma, die Witwe von Freund Dotterweich, um den Hals wie immer ihren Seidenschal. Zitternd stand sie da, die Augen sichtbar gerötet.

»Emma! Was ist denn los?«

»Timotheus … mit dem Einhornkissen … man hat ihn ermordet!«

32. KAPITEL

Es dauerte eine gute Weile und zwei Gläser Pflaumen-likör, bis sich die Amtsrichterswitwe etwas beruhigt hatte. Pirkheimer mochte Emma Dotterweich aufrich-tig gerne. Sie war eine zarte, kluge Frau mit viel Sinn für Humor. Ihren Mann hatte sie als junge Frau an der Uni kennengelernt, sie hatten zusammen Jura studiert. Es hieß, sie habe ein deutlich besseres Examen gemacht als ihr Mann, hatte aber nach der Geburt ihres Sohnes Winfried jede berufliche Ambition ad acta gelegt und sich ganz der Familie gewidmet, wie das in ihrer Generation üblich gewesen war.

»Noch ein Gläschen?«

»Danke, nein Paul, es geht schon wieder.«

Und dann begann sie zu erzählen, zunächst etwas wirr und immer noch ziemlich durcheinander, dann aber mit zunehmend festerer Stimme. Endlich verstand Freund Pirkheimer, worum es ging. Kommissar Mütze hatte Emma Dotterweich am Nachmittag aufgesucht, um ihr mitzuteilen, dass ihr Mann keines natürlichen Todes gestorben war, sondern dass man ihn ganz offensichtlich ermordet hatte. Professor Krautwurst, der Gerichtsmediziner, hatte winzige rosa Fasern in der Lunge des Toten gefunden, die gleichen Fasern, aus denen das Einhornkissen gemacht war, das am Kopfende des Bettes gelegen hatte.

»Ein Geschenk von Sonja, seiner Herzensnichte«, sagte die Witwe mit rauer Stimme, »er hat das Einhorn geliebt wie ein Kind. Und nun hat man ihn damit erstickt.«

Pirkheimer fuhr sich durch die Haare. Nun also auch Freund Dotterweich! Der Einzige, der übrig blieb, der eines natürlichen Todes gestorben war, war nur noch Freund Dreiheilig, soweit man von einem natürlichen Tod sprechen konnte, wenn man auf einem Pissoir seinen Geist aushauchte. Alle anderen Freunde waren gewaltsam aus dem Leben geschieden, der Tod von Freund Dotterweich aber war der unsinnigste von allen.

Wer mordet einen Menschen, der seit Monaten hilflos auf der Pflegestation eines Altersheims lag?

»Altenheim«, korrigierte ihn die Witwe leise, was den Präsidenten verwirrte. Altersheim oder Altenheim, wo war der Unterschied? Doch wie auch immer, wieder war ein Mord geschehen, was für ein Katastrophenjahr! Er sah durchs Blumenfenster hinaus in der Nacht. Freund Guttenberg war nicht länger zu widersprechen: Irgendjemanden gab es da draußen, irgendjemanden, der einen Hass auf Rotarier hatte. Pirkheimer ertappte sich dabei, wie er mit den Fingern nachzählte, wie viele Mordopfer es nun schon waren. Er kam auf fünf.

»Ich bring dich noch nach Hause, Emma«, sagte der Präsident mit müdem Gesicht, »ist dein Sohn daheim und kann sich um dich kümmern?«

Ein bitteres Lächeln glitt über das blasse Gesicht der Witwe.

»Gewiss, Winni ist daheim.«

33. KAPITEL

Montagmittag. Wieder versammelte man sich auf dem Friedhof von Mausgesees, die Stimmung war betrübter denn je. Keinen ließ die Beerdigung kalt, niemand musste Trauer heucheln, alle waren tief betroffen. Trostloser war es vielleicht nur auf der Beerdigung des armen Wiggerl zugegangen, aber das war ja nun schon ewig her. Dass am heutigen Tag kein Auge trocken blieb, verstand jeder. Wer hätte Freund Deusel auch nicht gemocht, seine lebensbejahende, stets positive Art, seine große Hilfsbereitschaft? Auch in vielen rotarischen Augen blinkte eine Träne. Bei jedem Hands-on-Projekt war der Schlachthofbetreiber vorne mit dabei gewesen, die Steaks beim Sommerfest hatte er nicht nur gespendet, sondern sie auch noch eigenhändig gegrillt, ja, sogar für die selbsternannten Tierschützer, die regelmäßig an der Zufahrtsstraße seines Hofes protestierten, mit brennenden Grablichtern und einem bemaltem Bettlaken, auf das sie ein trauriges Schweinchen mit der Sprechblase »Warum nur?« gemalt hatten, hatte er Verständnis gehabt, hatte ihnen bei Regenwetter sogar ein Partyzelt aufgestellt und heißen Tee gebracht. Gab es einen Schlächter mit so viel Herz? Freund Deusel hatte immer gesagt, er wäre natürlich anderer Ansicht als die jungen Leute, ihm würde aber imponieren, dass jemand für seine Ideale auf die Straße ging. So kam es zu der rührenden Szene, dass bei der Beerdigung auch eine Delegation der Tierschützer mitlief, Seite an Seite mit den drei rumänischen Lohnschlächtern.

Es war ein windiger, aber nicht unfreundlicher Tag. Zwischen den zerrissenen Wolken, die ein kecker Nordwest über den Himmel trieb, blitzte immer mal die Sonne auf, so auch als der Leichenzug in die Allee mit den Lebensbäumen einbog. Wie da der Sarg erstrahlte! Georg Himmelreich war erneut ein Meisterwerk gelungen, das musste der Neid ihm lassen. Der Kunstschreiner hatte sich für eine archaische Form der Sarggestaltung entschieden. Lauter stilisierte Tiere waren auf den Sargbrettern zu sehen, Rehe, Ochsen, sogar eine Art Mammut und zwei Hirsche, die in den zartrötlichen Kreidefarben urzeitlicher Künstler wie über Höhlenwände zu laufen schienen, eine raffinierte Anspielung auf den Beruf Freund Deusels und zugleich ein Gruß an die jenseitige Welt. Nur Freund Trebbisch, der den *Auferstehungsfond* des seligen Freundes Oberhofer verwaltete, betrachtete den Sarg mit Sorge. Allenfalls zweieinhalb Beerdigungen würde man sich noch leisten können, dann war das Geld weg. Was dann? Nolens, volens würde es danach wieder ein Sarg von Stange tun müssen, und zum Leichenschmaus ging's nicht mehr in die *Leckerei*, sondern zur Leberknödelsuppe in den *Grünen Baum*. Freund Oberhofer hätte sich wohl nicht vorstellen können, dass die Riesensumme, der er gespendet hatte, jemals dahinschmelzen könnte. Wie sollte er das den Freunden klarmachen?

Als der Sarg in die Grube gelassen wurde, wurde es totenstill. Schwerer denn je fiel es dem Präsidenten, das goldene rotarische Rad hinterherzuwerfen. Die dabei zu sprechende Abschiedsformel nuschelte er so schnell vor sich hin, dass sie keiner verstehen konnte. Nach ihm trat noch Freund Thürauf nebst Gattin Hiltrud ans Grab, kondolierte Mechthild, der Witwe, legte die Hände vor dem Bauch zusammen, blickte sodann mit zerfurchter Trauermiene in die Grube hinab und sprach dunkel: »Tibi ossa bene quiescant«, und nach einer bedeutungsschweren Pause: »Mögen deine Gebeine sanft ruhen.«

34. KAPITEL

Eigentlich konnte keiner mehr Hunger haben. Der Leichenschmaus in der *Leckerei* war wieder einmal so umfangreich wie wohlschmeckend gewesen war, dennoch stellte Friederike van der Brink Teller mit kleinen Lebkuchen auf den Tisch. Die abendliche Montagsrunde vor dem Mausgeseeser Weihnachtsmarkt im Haus des Bäckers besaß eine lange Tradition, und so waren die rotarischen Frauen nahezu komplett erschienen. Besonders gerührt waren die Freundinnen, dass auch Mechthild gekommen war.

»Mein Mann hätte es nicht anders gewollt«, sagte die junge Witwe unter Tränen, »und außerdem, wie leer ist jetzt unser Zuhause, geradezu unheimlich. Nein, ich bin froh, bei euch zu sein.«

Und so machte man sich an die Arbeit. Losnummern waren an Hunderte von Gewinnen zu kleben, die sich auf einem Extratisch türmten, die Hälfte davon Bleistiftspitzer aus der Vorjahrskollektion der Firma Trebbisch. Am Sonntag würden die Männer die Lose auf dem kleinen Weihnachtsmarkt verkaufen, für einen guten Zweck, dieses Mal für die Anschaffung einer Messingplakette, die auf den wahren Ursprung des Namens Mausgesees hinweisen würde. Immer wieder nämlich rissen die Nachbarn dumme Witze auf Kosten der Mausgeseeser, indem sie den hinteren Ortsnamensteil durch ein Synonym für Gesäß ersetzten. Ein vom rotarischen Klub beauftragter Regionalhistoriker aber hatte nun zweifelsfrei nachgewiesen, dass der Name Mausgesees eine vollkommen andere Bedeutung hat, es leitete sich nämlich von *Musengeseeze* ab, was nichts anderes hieß als Musensitz. Musensitz! Was für ein poetischer Name, der ganz und gar nichts mit dem hinteren Körperteil eines Nagetiers zu tun hat.

In der Wohnstube über der Bäckerei war es warm und gemütlich. Friederike hatte ihren Spezialpunsch aufgesetzt, den sie mit einer Kelle in Glühweintassen füllte. War die Stimmung anfangs noch etwas gedrückt und angespannt, stellte sich bald eine fast heiter zu nennende

Adventsstimmung ein, ja, selbst Mechthild konnte wieder lachen und wischte sich die letzten Tränen aus den Augen. Bis auf Antoinette, die Frau von Freund Göllner, und Susanne Hufschnabel, die keiner wirklich vermisste, waren alle gekommen, auch die Witwen Lissi Kunreuther, die Bäuerin mit ihrem violetten Haar, die sanfte Emma Dotterweich, Gunda Dreiheilig, Gisela Stanglmaier und Christine Gensekiel. Wieder einmal bewahrheitete sich, dass es nirgendwo lustiger zugeht als bei reinen Frauenrunden, von kleinen Spannungen einmal abgesehen. Babsi und Hiltrud würden keine Freundinnen mehr werden, das war klar, und Gunda Dreiheilig litt sichtlich noch an der Kränkung, die ihr am Grab ihres Mannes widerfahren war, ja, manche Freundin behauptete, der Spruch sei schlimmer für sie gewesen als der Tod von Manfred. »Für immer dein!«, was für ein Affront! Zumal es nicht an den Toten adressiert war, der es ja nicht mehr lesen konnte, sondern auf perfide Art natürlich an dessen Frau. »Sieh her!«, triumphierte da jemand, »ich bin die einzig wahre Herzdame deines Mannes gewesen.«

Während Rike nachschenkte und sich die anderen fröhlich zuprosteten, schielte Gunda Dreiheilig misstrauisch über den Rand ihres Bechers, so, als könnte die unbekannte Konkurrentin vielleicht mit am Tisch sitzen. Sie zermarterte sich unaufhörlich das Hirn, oft bis tief in die Nacht, und kam zu keinem Ergebnis. Wie viele Häuser hatte ihr Mann als Schornsteinfeger betreten, auch die ihrer Freundinnen, und das meist zu Zeiten, in denen die Männer außer Haus gewesen waren. Als Freund der

Geselligkeit hatte ihr Manni ein angebotenes Gläschen nicht zurückgewiesen. Ob das jemand ausgenutzt hatte? Welche Bitch nur hatte sich an ihn rangeworfen? Seit dem Schock am Grab musste sich die junge Witwe zwanghaft und, wie um sich zu quälen, eine Freundin nach der anderen vorstellen, wie sie ihren Mann küsste, und auch jetzt beim Losekleben ließen sie diese Fantasien nicht los. So sah sie Babsi ihrem Mann das schwarze Ohrläppchen kraulen, sah, wie Friederike ihn mit ihren mächtigen Oberarmen an sich zog, musste sich vorstellen, wie Hiltrud ihm im Evakostüm den Zylinder vom Kopf zog, und wie Gisela, die Installateurswitwe, ihm mit der Rußkelle lustig den nackten Hintern versohlte, grauenhafte Schreckensbilder! Wenn sie nur endlich Gewissheit hätte. Das Schlimmste an der Sache nämlich war, sie wurde das Gefühl nicht los, alle wussten Bescheid, nur sie nicht. Das machte sie wahnsinnig! Mit verbissenem Gesicht riss sie den nächsten *Tesafilm*-Streifen ab, um ihn an eine Schneckenzange zu kleben.

Etliche Gewinne waren noch mit Nummern zu versehen, auch der Hauptgewinn, den Freund Göllner gespendet hatte, ein Gutschein für einen Kletterkurs am Teufelsfelsen im Leinleitertal, als es an der Tür klopfte. Der Bäcker steckte sein gelbes Gesicht durch die Tür. Es hatte geklingelt, die Frauen aber waren so ausgelassen gewesen, dass keine etwas gehört hatte, so war er aufgestanden und hatte geöffnet.

»Ein Mann von der Kripo«, sagte der Bäcker, »er will Gunda sprechen.«

Gunda erbleichte.

35. KAPITEL

Als sie zurück in die Stube kam, sackte sie kraftlos auf dem Stuhl zusammen.

»Mein Gott, Gunda, was ist denn?«

Ihre Freundinnen sahen sie erschrocken an, doch Gunda war zu keiner Antwort fähig. Sie nestelte sinnlos an einem *Tesafilm*-Streifen herum, stierte ins Leere und schüttelte nur den Kopf.

»So rede doch, Gunda, was wollte die Polizei denn von dir?«

»Manfred … man hat ihn vergiftet.«

36. KAPITEL

Die Runde beim Mittwochmeeting im *Grünen Baum* war deutlich zusammengeschrumpft, auch war die Atmosphäre spürbar angespannt, angespannter fast noch als damals, als sie erfahren hatten, auf welche

Weise der arme Wiggerl ums Leben gekommen war. Dennoch oder vielleicht gerade deswegen versuchte Freund Pirkheimer heute erst recht, seiner Rolle als Präsident gerecht zu werden. Wer sollte die Freunde aufrichten, wenn nicht er? Als er die furchtbare Nachricht erhalten hatte, dass auch Freund Dreiheilig einem Verbrechen zum Opfer gefallen war, hatte er kurz darüber nachgedacht, ob man sich überhaupt noch treffen sollte, sich dann jedoch nach Rücksprache mit Freund Guttenberg für die Durchführung des Meetings entschieden. Freund Guttenberg hatte die richtigen Worte gefunden. Gerade in einer solchen Zeit der Katastrophen sei es notwendig, an den vertrauten Ritualen festzuhalten. Rituale seien mehr als ein netter Zeitvertreib, Rituale verliehen Halt, sorgten dafür, dass man nicht die Nerven verlor. Man musste sich weiter treffen, um sich gegenseitig Mut zu machen, um nicht aufzugeben, denn durch Rückzug und Resignation war nichts gewonnen. Die gegenseitige Freundschaft, das Einstehen füreinander auch in schwieriger Zeit, das erst mache doch ihren Klub aus. Sie seien doch keine Sonntagsfreunde, die nur zum Feiern zusammenkämen, sie seien ein Freundschaftsbund, ja, im gewissen Sinn sogar eine Schicksalsgemeinschaft. »Freundschaft ist stärker als der Tod«, hatte Freund Guttenberg mit gewichtiger Miene gesagt. Das hatte den Ausschlag gegeben, der Präsident sagte das Meeting nicht ab. Auch war er froh, den Referenten nicht zu verprellen. Den Vortrag würde dieses Mal Freund van der Brink halten, der brave Bäckermeister. Freund van der Brink hatte ein Hobby, das man nicht unbedingt vermutet hätte. Er reiste jedes Jahr für zwei Wochen nach Tasmanien, auf die südlich von Australien gelegene Insel, wo er einen verfallenen Bauernhof bezog, um Tiere zu beobachten. Auf Tasmanien gab es noch seltene, anderswo längst ausgestorbene Rassen, darunter den getüpfelten Beutelmarder, Freund Trebbischs persönliches Lieblingstier, von dem er den Freunden gerne erzählen wollte.

Der Präsident hatte gerade mit der Begrüßung begonnen, als sich Freund Thürauf meldete und sichtbar erregt um *Aktuelle-fünf-Minuten* bat. *Aktuelle-fünf-Minuten* durfte jeder Freund beantragen, etwa, wenn es etwas Neues aus seinem Fachgebiet mitzuteilen gab oder wenn sich jemand hilfesuchend an ihn gewandt hatte, der Tierschutzverein einen neuen Käfig brauchte oder die Orgel der Nachbarkirche aus dem letzten Loch pfiff. *Aktuelle-fünf-Minuten* konnten auch lediglich eine Minute oder gar nur eine halbe in Anspruch nehmen, immer aber blieben sie *Aktuelle-fünf-Minuten*.

»Freund Thürauf, bitte schön!«

Freund Thürauf erhob sich von seinem Stuhl. Seine Gesichtsfarbe verriet, wie es in ihm aussah. Puterrot angelaufen begann er zu sprechen, wobei es nur seiner Routine als Oberstudienrat zu verdanken war, dass sich seine Stimme nicht überschlug: »Verehrter Herr Präsident, liebe Freunde! Hier stehe ich und kann nicht anders. Ich protestiere! Ich protestiere dagegen, dass wir einfach so weitermachen, als wäre nichts gewesen. Merkt ihr denn nicht, was los ist? Wir befinden uns alle in höchster Lebensgefahr, das muss doch mal klar ausgesprochen werden.«

Sich auf die Tischplatte aufstützend, schaute er mit wildem Blick in die Runde.

»Zuerst landet Freund Kunreuther in der Güllegrube, einen Mittwoch später wird Freund Dotterweich mit einem Einhornkissen erstickt; dann vergiftet man – wieder ist es ein Mittwoch – Freund Dreiheilig; mittwochs drauf rammt man Freund Stanglmaier ein Rohr durch den Hinterkopf; eine Woche vergeht, und unser lieber Freund Gensekiel hängt an einem Fleischerhaken; wieder einen Mittwoch später jagt man einen Mörderbullen auf Freund Deusel. Sechs Morde, liebe Freunde, sechs hinterhältige Anschläge, und wir machen weiter wie immer! *Homo homini lupus*, diesen Satz, liebe Freunde, brauche ich wohl nicht zu übersetzen. Ich sage es ganz offen, ja, ich gestehe es: Ich habe Angst, Angst um mein Leben! Ich verlange Polizeischutz und zwar für jeden von uns! Denkt daran, was damals unserem armen Wiggerl geschehen ist.«

Am ganzen Körper bebend setzte sich der Oberstudienrat wieder, und das Blut wollte nicht aus seinem Gesicht weichen.

Polizeischutz! Bislang hatte der Präsident keinen Gedanken daran verschwendet, jetzt aber, wo Freund Thürauf die Todesfälle noch einmal aufgezählt hatte, wusste er, dass er handeln musste, die Erwähnung des Schicksals des armen Wiggerls – eigentlich ein absolutes Tabu – tat ihr Übriges. Pirkheimer räusperte sich und setzte seine ernsteste Miene auf. Als Präsident trug er schließlich eine besondere Verantwortung. Zu allem Überfluss war heute wieder Mittwoch. Nur: Wie sollten sie das hinbekommen, das mit dem Polizeischutz? War es tatsächlich möglich, sieben Männer rund um die Uhr zu schützen?

»Nicht rund um die Uhr«, rief Freund Thürauf, »nur an den Mittwochen!«

Hatten bislang alle betroffen geschwiegen, brach jetzt ein lautes Stimmengewirr aus. Jeder redete auf seinen Nachbarn ein, es wurde debattiert und sich erregt, der Präsident musste mehrfach laut um Ruhe bitten, bis er wieder Gehör fand.

»Liebe Freude, so beruhigt euch doch, ich werde Kontakt mit der Polizei aufnehmen, versprochen. Zuvor aber muss ich wissen, wer alles Polizeischutz wünscht.«

So schritt man zur Abstimmung. Freund Göllner lehnte als einziger Polizeischutz ab. Freund Guttenberg fühlte sich bei der Vorstellung, ständig überwacht zu werden, ebenfalls nicht wohl, stimmte aber mit der Mehrheit. So fiel das Ergebnis mit sechs zu einer Stimme eindeutig aus. Nur: Was machte man am heutigen Tag? So schnell würde man keinen Personenschützer bekommen. Da meldete sich Freund Trebbisch: »Wie wäre es, wenn wir den ganzen Tag zusammenbleiben und erst um Mitternacht auseinandergehen?«

Nach einem kurzen Moment der Verblüffung wurde der Vorschlag allgemein begrüßt. Der Präsident bot an, sein Wohnhaus zur Verfügung zu stellen, denn bis zur Geisterstunde im *Grünen Baum* zu tagen, diese Vorstellung gefiel keinem so recht. Wenn einen die Polizei nicht schützen konnte, dann würde man eben auf sich selbst aufpassen!

In deutlich erleichterter Stimmung genoss man sein Schäufele und stellte ein weiteres Mal fest, dass den Menschen nichts so zuverlässig beruhigen konnte wie ein gefüllter Magen. Als das letzte Schulterblatt nackt auf dem Teller lag, begann Freund van der Brink mit seinem Vortrag. Die Jalousie wurde heruntergelassen, der asthmatische Diaprojektor angeworfen, und als der erste getüpfelte Beutelmarder über die Leinwand huschte, dachte sich mancher: Ach, wenn das Leben doch immer so herrlich unkompliziert wäre!

37. KAPITEL

Nach dem Meeting brach man auf und fuhr zum Haus von Freund Pirkheimer in Oedhof am hoch gelegenen Epperlesberg, auf dessen Gipfelplateau sich der Segelflugplatz *Lillinghof* befand. Im Wohnzimmer ließ man sich nieder, packte die Karten aus und tat sich zu zwei

Gruppen zusammen: Die einen Herren spielten Skat, die anderen vertrieben sich die Zeit beim Schafkopfspiel. Zum Glück hatte der Präsident seinen Biervorrat gerade erst aufgefüllt, sodass kein Durst aufkam, im Gegenteil, wohl auch, um sich etwas Mut anzutrinken, ließ sich mancher Freund immer wieder nachschenken. So verstrichen die Stunden, die Sonne senkte sich, der Abend kam. Wer immer auch der Mörder sein sollte, heute würde er keine Chance haben, heute passte jeder auf jeden auf, im echten rotarischen Freundschaftssinn. Direkt übermütig geworden, hob Freund van der Brink, der doch eigentlich schon längst ins Bett gehörte, seinen Bierkrug und rief: »Auf die Gesundheit!« Und fröhlich tönte das Echo.

Gegen 20 Uhr ließ der Präsident eine Liste vom Pizzaservice herumgehen, und jeder kreuzte an, was er wollte. Eine Stunde später schellte es. Mit großem Hallo wurde der Pizzabote begrüßt und bekam reichlich Trinkgeld. Man aß aus den Kartons heraus und fand das so urig, dass ein Freund nach dem anderen versicherte, was für ein toller Tag das heute doch sei und dass man so ein Treffen bald schon wiederholen sollte.

»Jawohl«, rief Freund Göllner, »was wollen wir von der Polizei? Wir sind unsere eigenen Personenschützer. Prost!«

Gegen 22 Uhr trat eine gewisse Müdigkeit ein. Man legte die Karten beiseite, warf sich in die Sessellandschaft und ging zum Cognac über. Der Präsident zog gerade die Zigarrenkiste aus dem Humidor, als das Handy von Freund Trebbisch ging.

»Etwas Unangenehmes?«, fragte Freund Guttenberg, dem das Zucken um Freund Trebbischs Auge nicht entgangen war.

»Es brennt«, sagte Freund Trebbisch tonlos und starrte auf sein Handy, »ein Brand in meiner Fabrik. Ich muss sofort hin.«

Man versuchte, es ihm auszureden. Die Feuerwehr sei doch schon da, er könne da jetzt auch nichts mehr machen, so ein Brand sei nicht ungefährlich, besser sei es, er bleibe bei ihnen. Alles umsonst. Freund Trebbisch holte seinen Mantel von der Garderobe und riss die Haustür auf. Die Freunde begleiteten ihn noch bis zu seinem Wagen, dann brauste Freund Trebbisch davon. Man sah ihm nach, und manchen beschlich ein klammes Gefühl.

38. KAPITEL

Den Rettungskräften bot sich ein grausames Bild. Selbst den Erfahrenen unter ihnen, die schon die schlimmsten Verkehrsunfälle gesehen hatten, drehte es den Magen um. Der Wagen musste bei voller Fahrt von der Straße abgekommen sein, in einer Kurve auf halber Höhe des Epperlesberges, und war zwischen den Bäumen durch den Wald gerauscht. Dabei war es passiert, dabei musste ihm das Wildschwein erst vor den Kühler und dann durch die Scheibe geflogen sein, bevor eine alte Eiche die Fahrt jäh gestoppt hatte. Grausam war der Anblick deshalb, weil die tote Sau ihren blutigen Rüssel eng an den Hals des Toten gedrückt hatte, so, als seien die beiden ein altvertrautes Paar. Dazu glitzerte im Licht der Rettungsscheinwerfer alles wie bei einer schlechten Fernsehshow, das machten die feinen Scherben der Windschutzscheibe, mit denen der Tote und die Sau übersät waren, ein unwirkliches, ein makabres Bild. Das Groteskeste aber war die laute Schlagermusik, die aus dem Autoradio tönte, unterbrochen nur durch die unverdrossen fröhlichen Sprüche des Moderators, der den Donnerstagmorgen als den Beginn des Wochenendes ausrief. Das einzig Tröstliche: Der Fahrer war auf der Stelle tot gewesen. Nichts deutete daraufhin, dass Freund Trebbisch längere Zeit neben dem toten Wildschwein hatte liegen müssen, bevor er seinen Geist ausgehaucht hatte.

39. KAPITEL

Die Analyse der Verkehrspolizisten wies auf einen Unfall ohne Fremdverschulden hin. Es gab keine Bremsspuren, keine Lacksplitter eines zweiten Autos. Trebbisch musste einen Moment lang abgelenkt gewesen sein, hatte die Kurve übersehen und war mit geschätzten 100 Sachen den Waldhang hinabgerauscht. Zudem hatten eins Komma acht Promille im Blut des Toten geschwappt.

»Und doch glaube ich nicht an einen Unfall«, sagte Mütze zu Pirkheimer, der sichtbar unter Schock stand. Der Präsident wusste nicht, was er sagen sollte. Um kurz nach Mitternacht waren seine Freunde aufgebrochen, fröhlich winkend, weil man glaubte, dem Schicksal ein Schnippchen geschlagen zu haben – und nun das!

»Wir hätten ihn nicht fahren lassen dürfen«, sagte er langsam und zog seinen Morgenmantel hoch. Es fröstelte ihn.

»Herr Pirkheimer, ich frage Sie ganz unverblümt und erwarte eine ehrliche Antwort: Wer hat es auf Sie und Ihre Freunde abgesehen?«

»Ich weiß es nicht.«

»Dann kann ich für nichts garantieren.«

Verärgert stieg der Kommissar in seinen Manta und brauste davon.

40. KAPITEL

Am Freitagabend zirkelte der Wind auf Nord und fegte erste Schneeschauer über das Land. Es war bereits 22 Uhr vorbei, als Gunda Dreiheilig die Wirtstube des *Grünen Baums* betrat. Verwundert blickte der Wirt hinter dem Tresen auf. Damenbesuch zu so später Stunde? Gunda aber nickte ihm nur kurz zu und steuerte sogleich ihr Ziel an, den Stammtisch im Herrgottswinkel. Dort saßen drei Männer beim Bier, Jungbauer Kunreuther, Georg Himmelreich, der Beerdigungsunternehmer, und Winni Dotterweich, der zottelige Sohn des verstorbenen Amtsrichters. Gunda Dreiheilig kannte sie alle drei, was nicht weiter verwunderlich war, kannte in Mausgesees doch jeder jeden, und mancher manchen sogar besser, als einem lieb war. Winfried Dotterweich war das schwarze Schaf der Familie. Vor, während und erst recht nach seinem Jurastudium, das er im zweiten Semester geschmissen hatte, hatte er sich ausgiebig dem Konsum diverser berauschender Substanzen hingegeben und war allenfalls für gelegentliche Aushilfsjobs zu haben, so für die Nachtschicht an der Tankstelle, die auf dem Weg nach Heroldsberg lag. Sein Lotterleben hatte den armen Eltern schwer zugesetzt, ja, manche sagten, den alten Amtsrichter habe der Schlag nur aus Zorn und Kummer getroffen. Dennoch hatten es der alte Dotterweich und seine Frau nicht über das Herz gebracht, den Kuckuck aus dem Nest zu werfen. Wo hätte er auch bleiben sollen?

Doch nicht wegen Winfried war Gunda gekommen und nicht wegen Jungbauer Kunreuther, ihr Besuch galt dem Dritten der Runde.

»Herr Himmelreich, ich muss Sie sprechen!«

Verwundert sah der Bestatter auf.

»Ist es wegen des Regals?«

»Nein, es geht um eine andere Sache.«

»Jetzt sofort?«

»Jetzt sofort, bitte, und unter vier Augen. Es dauert auch nicht lange, versprochen.«

Georg Himmelreich, den seine Freunde bloß Gerchla nannten, erhob sich umständlich, zwirbelte noch mal seine Schnurbartenden und begleitete Gunda vor die Tür. Eisig blies es dort, der Schneefall schien an Stärke zuzunehmen. Frierend schlang der Bestatter die Arme um den Körper: »Also, was ist?«

»Wer hat die Schärpe mit dem Aufdruck ›Für immer dein!‹ bei Ihnen bestellt?«

Himmelreich kniff die Augen misstrauisch zusammen.

»Was geht Sie das an?«

»Was mich das angeht? Ich bin schließlich die Ehefrau.«

»Tut mir leid. Über meine Kunden gebe ich prinzipiell keine Auskünfte.«

Sprach's und verschwand wieder im *Grünen Baum*. Gunda Dreiheilig sah ihm wütend nach. Ein Weilchen noch blieb sie unschlüssig stehen, dann drehte sie sich um und eilte durch das Schneetreiben nach Hause. Sie würde schon noch herausfinden, wer die Kundin war, da konnte Himmelreich Gift drauf nehmen!

41. KAPITEL

Alle, die sich auf dem Dorfplatz trafen, lobten das Wetter. So herrlicher Schnee, und das bereits im Dezember, was konnte es für einen Weihnachtsmarkt Schöneres geben? Nachdem sich die Wolken ausgeschneit hatte, war der Frost gekommen. Auf den Bäumen und Häusern lagen dicke weiße Kappen, und an den Dachvorsprüngen wuchsen die Eiszapfen. Der Mausgeeseser Weihnachtmarkt fand immer am zweiten Adventssonntag statt, er war neben dem Feuerwehrfest im Juni das wichtigste Dorfereignis. Alle Gruppen der Gemeinde beteiligten sich. Die Dorffrauen verkauften Selbstgestricktes, Socken, Schals und Mützen, die Feuerwehrkapelle blies Weihnachtslieder, die Landjugend besorgte neben dem Glühweinausschank auch das Grillen der Würstchen, und die Rotarier verkauften ihre Lose. Lebhaft war auch der Besuch aus den Nachbardörfern, ja sogar aus Nürnberg und Erlangen kamen die Leute, sodass sich die Geschäfte gut entwickelten, auch am Stand der Rotarier. Je zwei Freunde bildeten für eine Stunde ein Tandem, das dann von dem nächsten Freundespaar abgelöst wurde. Den Anfang machten der Präsident und Freund Guttenberg, beide in dicken Winterstiefeln und mit Wollmützen auf den ergrauten Häuptern. Hinter ihnen türmten sich die Gewinne. Da jedes zweite Los gewann, ging bald ein Bleistiftspitzer nach dem anderen über die Theke. Aber natürlich gab es da noch die Hauptgewinne, besonders der Kletterkurs mit Freund Göllner motivierte viele Besucher zum Griff in den Loseimer.

»Drei Lose, bitte.«

Der Präsident blickte den Mann verblüfft an. Das war doch dieser Mütze, der Kriminalkommissar. Konnte er ihn nicht zumindest an einem Sonntag in Ruhe lassen? Was wollte er denn schon wieder?

»Kann man bei Ihnen auch Bremsflüssigkeit gewinnen?«, fragte der Kommissar und rührte mit der Hand im Eimer.

»Bremsflüssigkeit?« Pirkheimer verstand nicht.

»Der Wagen Ihres Freundes Trebbisch. Ihm fehlt eindeutig Bremsflüssigkeit. Irgendjemand muss sie ihm abgezapft haben.«

42. KAPITEL

Erschöpft und mit ratlosem Gesicht standen die Freunde Pirkheimer und Guttenberg abseits des Getümmels und wärmten sich mit einem Glühwein. Auch das noch!

Nun also auch Freund Trebbisch. Als der arme Wiggerl gestorben war, Jahre her, hatten sie ebenfalls betroffen beim Glühwein gestanden, jetzt aber war die Situation noch viel dramatischer, auch wenn sie nicht wirklich erstaunt über die tatsächliche Todesursache waren. Ja, fast war es doch zu erwarten gewesen. Der arme Kerl, ermordet und kaltblütig in den Tod geschickt. Was für eine perfide Idee, die Bremsflüssigkeit abzuzapfen. Wie hatte das geschehen können? Sein Wagen hatte doch die ganze Zeit in der Einfahrt gestanden. Während sie Karten gespielt hatten, musste sich der Täter an den Bremszylindern zu schaffen gemacht haben, in Sichtweite des Hauses und unter der Gefahr, entdeckt zu werden. Der Kommissar hatte ungeachtet der sich an der Losbude drängelnden Kunden nachgebohrt: Wann welcher Freund mal kurz verschwunden sei, ob jemand das Haus vor Trebbischs Aufbruch verlassen habe, ob man sonst etwas Verdächtiges bemerkt habe. Sowohl Freund Pirkheimer als auch Freund Guttenberg hatten mit den Schultern gezuckt. Natürlich sei jeder mal auf die Toilette, für wie lange, könne man nicht sagen, man schaue doch für so was nicht auf die Uhr. Und doch würde man für die Freunde die Hand ins Feuer legen, ja, das würde man. Als der Kommissar darüber nur schlumpfig grinsen konnte, hatte sich der Präsident aus der Bude vorgebeugt und Mütze leise, aber deutlich zugeraunt: »Ich sage es Ihnen ein letztes Mal, Herr Kommissar, Rotarier morden nicht!«

43. KAPITEL

Der Schnee knirschte unter den Winterstiefeln, als Freund Trebbisch zu Grabe getragen worden. Die beiden Totengräber hatten es deutlich schwerer als bei den letzten Beerdigungen, denn der neue Sargtransportwagen *Aluline*, obwohl doch ein Leichtlaufmodell, blieb immer wieder im Schnee stecken. Was aber machte das, wenn die Wintersonne doch so prächtig schien? Herrlich leuchtete das neueste Sargkunstwerk von Georg Himmelreich. Allerdings gingen die Meinungen über den Sarg dieses Mal deutlich auseinander. Die einen sprachen bewundernd von einer weiteren Meisterleistung, der perfekten Symbiose von Form und Inhalt, die anderen nannten das Ding schlicht geschmacklos. Himmelreich war es gelungen, den Sarg als stilisierten, aber doch klar zu erkennenden Bleistiftspitzer zu schreinern. Deutlich war die Taille mit den Rifflungen zu erkennen, die bekanntlich Trebbischs Vater in das Bleistiftspitzerwesen eingebracht hatte, und an der Stirnseite befand sich eine angedeutete, trichterförmige Vertiefung zur Einführung anspitzbedürftiger Stifte. Barbara Trebbisch, die Witwe, fand nichts Anstößiges daran, ja, sie sagte, ihr Mann – Gott hab ihn selig! – hätte sich sicher über den Sarg gefreut.

»Typisch, diese Rheinländer!«, zischte Mechthild ihrem Mann zu, »sie machen selbst aus einer Beerdigung noch einen Karnevalsumzug.«

»De gustibus non est disputandum«, lautete Thürraufs Kommentar, und wieder trat ein selbstzufriedenes Lächeln auf sein Gesicht. Ja, die alten Römer! Für jede Lebenssituation den passenden Spruch zu haben, das musste ihnen erst mal jemand nachmachen. Und einen in ihrem Klub gab es, der alle diese Sprüche verstand und übersetzen konnte. Freund Thürauf beschloss, so bald wie möglich einen Vortrag anzumelden, und zwar genau zu dem eben gemachten Zitat. Viele nämlich glaubten, es hieße, »Über Geschmack ließe sich streiten«. Vollkommen verkehrt! »Über Geschmack lässt sich nicht streiten«, musste es natürlich heißen. Ach, so viel Halbwissen war in der Welt, selbst bei seinen rotarischen Freunden. Wenn er Präsident war, und die Chancen stiegen von Woche zu Woche, würde er jedes Meeting mit einem lateinischen Zitat beginnen. Seine Ernennung, die hoffentlich bald erfolgte, würde er mit dem Satz »Alea iacta est!« kommentieren, wobei er selbstverständlich versuchen würde, jeden Triumph in der Stimme zu unterdrücken, selbst wenn er bei den meisten Freunden weder den Groschen noch die Würfel fallen hören würde.

Wieder waren die Rotarier vollzählig. Freund Guttenberg hatte sich erneut überwunden, was ihm Freund Pirkheimer hoch anrechnete. Zusammen mit den Witwen, deren Schar bedrohlich angeschwollen war, folgten sie dem Sarg in stiller Eintracht. Nur Gunda Dreiheilig fehlte, eine Magenverstimmung nach zu viel Glühweinkonsum, hieß es. Am Grab angelangt, fand Pfarrer Stelzner noch einige persönliche Worte, etwa, dass er niemals mehr einen Bleistift spitzen könne, ohne an den tüchtigen Fabrikanten zu denken. Dieser Satz rief bei der Beerdigungsgesellschaft ein beifälliges Nicken hervor, und auf das Gesicht von Babsi zauberte er sogar ein schmerzhaft-liebevolles Lächeln. Nachdem sich jeder am Grab verabschiedet hatte, kam Freund Pirkheimer dem letzten Liebesdienst nach und warf das goldene Zahnrad in die Grube, zugleich Freund Oberhofers Sinnspruch murmelnd, der ihm nun schon fast gefährlich routiniert über die Lippen glitt: »Drehe dich weiter/ Zahn um Zahn/drehe dich weiter/zum Himmel hinan.«

Als alles zu den Autos aufbrach, um zur *Leckerei* zu fahren, trat der Bestatter mit etwas verlegenem Gesicht auf den Präsidenten zu. Sich das linke Ende seines Schnurbarts zwirbelnd fragte er ihn, wohin er die Rechnung schicken dürfe, jetzt, wo der Schatzmeister des Klubs doch nicht mehr unter ihnen weilte. Freund Pirkheimer schaute etwas konsterniert. Daran hatte er noch gar nicht gedacht. Jetzt brauchten sie nicht nur einen neuen Präsidenten, jetzt brauchten sie auch noch einen neuen Schatzmeister.

»Schicken Sie alles einstweilen an meine Adresse, ich kümmere mich darum.«

44. KAPITEL

Gunda Dreiheilig ging es tatsächlich schlecht, allerdings war es nicht der Magen, der ihr peinliche Qualen bereitete, sondern ihr Gemüt. Nicht einmal beim gestrigen Weihnachtsmarkt, als alles fröhlich beisammengestanden war, hatte sie sich von den düsteren Zwangsgedanken befreien können, ja, selbst als sie plötzlich den zarten Hauch von Kuhstall wahrzunehmen glaubte, untrügliches Zeichen, dass sich Lissi Kunreuther näherte, hatte ihr Herz eifersüchtig geschlagen. Auch wenn Lissi schon auf die 80 zuging, konnte es nicht sein, dass vielleicht sie es gewesen war? Gunda hatte misstrauisch die Augen zusammengekniffen. Vielleicht hatte ihr Manni ja, ohne dass sie das ahnte, ein Faible für violettes Frauenhaar gehabt? Es gab doch die unmöglichsten Dinge. Hatte sie neulich nicht erst gelesen, eine ältere Dame, deren Mann gestorben sei, habe beim Aufräumen in seinem Hobbykeller Dutzende von Damenschuhen gefunden, deren Herkunft sie sich nicht erklären konnte? So ging das nicht weiter, sie musste sich Klarheit verschaffen, sonst wurde sie noch verrückt.

Als sich alles auf dem Friedhof versammelt hatte, eilte Gunda schnellen Schritts zu der kleinen Sackgasse, in der sich das Haus und die Schreinerei des Bestatters befanden. Von einem erst kürzlich erfolgten Kundenbesuch – sie hatte ein neues Küchenregal in Auftrag geben wollen – kannte sie die Räumlichkeiten von Georg Himmelreich und wusste, wo sich das Büro befand. Zum Glück war die Tür nicht verschlossen, Gunda schlüpfte hinein. Sie brauchte nicht lange zu suchen, dann hatte sie den *Leitz*-Ordner im Regal gefunden, in dem die aktuellen Aufträge abgeheftet waren. Die Blätter in fieberhafter Schnelle sichtend, arbeitete sie sich vor. Wie aber erstarrte sie, als sie das richtige Blatt aufschlug: »Eine Schärpe, weiß, seidenmatt, Aufdruck *Für immer dein!* mit rotem Herz.« Dahinter ein Name, der Name der Auftraggeberin. Gunda Dreiheilig schnappte nach Luft. Dieses Biest! Sie hätte es sich doch denken können! Hektisch fingerte sie ihr Handy aus der Handtasche, legte den Ordner offen auf den Schreibtisch und schoss ein Foto, dann stellte sie ihn innerlich bebend wieder ins Regal zurück. »Rache!«, schrie alles in ihr.

45. KAPITEL

Während man in der *Leckerei* Platz nahm, wo man sich mit dem traditionellen Holunderbegräbnisschampus und kleinen Häppchen mit karamellisierter Leberpastete tröstete, selbstverständlich ausschließlich von ökologisch gestopften Gänsen, ertappte sich der Präsident dabei, wie er einen Freund nach dem anderen musterte und sich fragte, wem er es zutraute, die Bremsflüssigkeit eines Autos abzulassen. Etwas zu lange ließ er seinen Blick bei Freund Hufschnabel verweilen. Mit einem unwilligen Kopfschütteln aber, so, als hätte sich ein lästiges Insekt auf seinem Kopf niedergelassen, vertrieb Freund Pirkheimer den Gedanken wieder. Es war verrückt, was die Mordserie mit einem machte, man musste höllisch auf sich aufpassen. Nicht nur der Klub nahm Schaden, Schaden drohte auch ihren Seelen. Wenn das Misstrauen erst mal in der Welt war, bohrte es sich unbarmherzig in die Köpfe hinein. Davor musste man sich schützen. Jetzt half nur eines, sich nicht in dunklen Gedanken zu verlieren, sondern leuchtend den Freundschaftsgedanken in den Vordergrund zu stellen. Das Leben mochte man ihnen nehmen, was man ihnen nicht nehmen konnte, war das reine Herz und die Solidarität. Und selbst, wenn Freund Hufschnabel ein geschickter Motorradschrauber war, und sich sicher auch mit Bremsflüssigkeiten auskannte, was besagte das schon? Er war genauso unverdächtig wie jeder andere. Punkt!

Und der Präsident erhob sich, um seine vorbereitete Ansprache zu halten. »Die Bande der Liebe kann der Tod nicht trennen«, was bezeichnete die Ohnmacht des Todes, seine lächerliche Wichtigtuerei besser als dieses Wort von Thomas Mann?

46. KAPITEL

Man reichte gerade den Nachtisch, die köstliche steirische Engelscreme, als Jimmy »Chicken« Malzan, Koch und Restaurantbetreiber der *Leckerei* zum Präsidenten eilte. Draußen warte ein Mann, ein Kommissar aus Erlangen, er wolle den Präsidenten sprechen, und zwar sofort. Unwirsch wischte sich Pirkheimer mit der edlen Stoffserviette über den Mund, entschuldigte sich bei seinen Tischnachbarn und verließ das Lokal. Vor der Tür stand Mütze.

»Was gibt's denn schon wieder, Herr Kommissar?«

»Nur eine Kleinigkeit, ganz und gar unwichtig, ich will nicht lange stören, Herr Pirkheimer. Sie sag-

ten mir doch neulich auf dem Friedhof, die Zahnrä-
der, die Sie ins Grab werfen, seien aus reinem Gold?«

»Natürlich sind sie das!«

»Würden Sie mir bitte den Namen des Goldschmieds
nennen?«

»Wieso das?«

»Reine Routine. Und wenn Sie mir dann noch Kopien
der Rechnung besorgen könnten, das wäre furchtbar
nett.«

Als Pirkheimer wieder auf seinem Platz saß, war er
so konsterniert, dass er kaum wahrnahm, wie köstlich
die Creme heute wieder schmeckte. Was stimmte mit
den goldenen Rädern nicht? Welchen Verdacht hatte
dieser Mütze? Was wollte er von dem Goldschmied
wissen? Bezahlt wurden die Schmuckstücke aus dem
Auferstehungsfond von Freund Oberhofer, Klubsekretär Freund Thürauf holte sie beim Nürnberger Juwelier ab, um sie dem jeweiligen Präsidenten am Grab
zuzustecken. Die Räder waren echt wertvoll. Allein
der Materialwert! 100 Gramm reinstes Gold machten
allein 5.000 Euro. Hinzu kam natürlich noch die Arbeit
des Juweliers. Ob der Goldschmied ein Betrüger war?
Vorsichtig sah der Präsident zu Freund Thürauf hinüber, als sein Handy leise »bling« machte. Eine *Whats-
App*. Von Anne. »Magst du mich noch?«

47. KAPITEL

Es gibt Momente im Leben, da fegt es wie ein Frühlingssturm durchs morsche Wintergehölz, da fangen alle Vögel an zu singen, da ist nichts mehr wie zuvor. Pirkheimers Augen strahlten. Wie es in ihm jubelte! Und wie er doch zugleich mit sich kämpfen musste. »Ja, ja, ja!«, drückte er spontan in die Tasten und bemerkte gar nicht, wie der Kellner ihn nach dem Kaffee fragte. Ein pulsierendes Herz und einen Kussmund fügte er noch begeistert hinzu, dann jedoch zögerte er, entfernte erst den Kussmund wieder und dann das Herz und schickte die Antwort nicht los. Eine geheime Macht hielt ihn plötzlich davon ab, ein stiller Zweifel. Erst einmal ruhig durchatmen, erst einmal für sich sein, seine Gedanken, seine Gefühle sortieren. Wie hatte er auf eine solche Nachricht gehofft, jetzt aber, wo sie eintraf, endlich eintraf, brachte sie ihn völlig durcheinander. Langsam, langsam! Jetzt nur nichts überstürzen.

48. KAPITEL

Auf seinen abendlichen Spaziergang wollte Freund Guttenberg auch bei Eis und Schnee nicht verzichten. Im Gegenteil! Nichts machte die Nacht heller als die weiße Pracht. Man sah fast so gut wie am Tage, auch wenn man die Schritte vorsichtiger setzen musste, war doch der Weg hinauf zum Waldesrand nicht geräumt. Auch Ringo schien der Schnee nichts auszumachen, obwohl er mit seinen krummen Beinchen fast in ihm versank. Am Feldkreuz hielt der Dackel an, um seine Pflicht zu tun, anschließend schob der Doktor mit seinen Schuhen frischen Schnee über die Spuren, damit niemand Anstoß nehmen konnte. Was für ein seltsamer Tag! Welch große Sorgen hatte er sich um Freund Pirkheimer gemacht, auf dessen Schultern doch die größte Last lag. Wie furchtbar hatte Paul ausgesehen, kalkweiß und krank, vor allem, nachdem er mit dem Kommissar gesprochen hatte, schlimmer noch als damals, als die Nachricht vom Tod des armen Wiggerl gekommen war. Und dann die plötzliche Wandlung! Keine Minute später hatte derselbe Freund übers ganze Gesicht gestrahlt wie ein Kind am Weihnachtsabend.

Der Doktor kannte die meisten der Freunde besser als jeder andere, schließlich hatte er den Mausgeseeser Klub vor vielen Jahrzehnten mitgegründet. Jetzt war er der einzige verbliebene Mann der ersten Stunde. Was hatte er dem Klub alles zu verdanken! Die Freundschaft zu

Menschen unterschiedlicher Professionen, jede Woche eine Fortbildung zu einem anderen Thema. Wie weitete sich da der Horizont! Hätte er jemals erfahren, dass es den getüpfelten Beutelmarder überhaupt gab, geschweige denn, dass er bis zu acht Tüpfelbeutelmarderbabys bekommen konnte?

Schön sah es aus, wie das gewundene Tal in der Schneenacht lag. Auch die Burg auf der anderen Talseite sah plötzlich hell und freundlich aus, Türme und Zinnen glänzten festlich. Mit vorsichtigen Schritten, denn der Weg war spiegelglatt, schlitterte Freund Guttenberg ins Tal hinab. Unter der Brücke gurgelte das Bächlein. Im Mühlengebäude war alles dunkel, kein Lichtschein drang ins Freie. Das Mühlrad aber drehte sich ächzend wieder.

49. KAPITEL

Und wieder fing es an zu schneien. Zur gleichen Stunde, als Freund Guttenberg seine Dackelrunde drehte, stand Freund Pirkheimer an seinem Blumenfenster und schaute dem weißen Treiben zu. Vor Jahren hatte ihnen ein Meteorologe der Münchner Universität, ebenfalls ein aktiver Rotarier, im *Grünen Baum* einen Vortrag über Schneeflocken gehalten. Bereits der berühmte Sternenforscher Kepler, der herausgefunden hatte, wer sich im All um was dreht, hatte die hexagonale Form der Schneeflocken postuliert, und auch, dass jede ein Unikat war. Und so war es auch beim Menschen, davon war Pirkheimer überzeugt. Kein Mensch glich dem anderen und keine Frau einer anderen und selbst, wenn dem nicht so sein sollte, seine Anne war einmalig. Deshalb hatte er sich auch nicht umgesehen, nachdem Anne mit diesem Knüllwald verschwunden war, deshalb hatte er es stets ignoriert, wenn sich eine Frau intensiver um ihn bemüht hatte. Um es chemisch auszudrücken, er hatte keine Valenzen frei, da war kein Millimeter, an dem jemand anderes andocken konnte. Seine Liebesfühler waren ganz und gar besetzt, auch nachdem ihn Anne verlassen hatte. Es gab nur eine Frau für ihn, ob er das so wollte oder nicht. Und nun diese *WhatsApp*: »Magst du mich noch?«

Noch hatte er nicht geantwortet, noch rang er nach den richtigen Worten. Und doch spürte er, dass er nicht zu lange mit der Antwort warten durfte. Eine solche Frage verlangte nach Spontaneität, nicht nach langem Grübeln, denn langes Grübeln konnte schnell fehlinterpretiert werden. Hätte er seine erste Reaktion doch nur gleich abgeschickt, selbst wenn es nur ein Gestammel gewesen war! Es wurde nichts besser durch langes Räsonieren. Annes Frage konnte doch nur eines bedeuten: Sie wollte wieder zu ihm zurück! Warum sonst hätte sie ihn nach seinen Gefühlen gefragt? Wenn er nur die richtigen Worte fand. Zwei Versionen schienen ihm in die nähere Auswahl zu kommen. Ein schlichtes: »Komm heim!«, und ein »Wie ich dein Glucksen unter der Bettdecke vermisse.« Er tendierte zur zweiten Version, denn die war schwebender, witziger und machte es Anne sicher leichter, den nächsten Schritt zu tun. Damit würde er der Anspannung, die sich über die lange Trennungs- und Schweigezeit aufgebaut hatte, die Schwere nehmen, würde ihr, bildlich gesprochen, die Luft rauslassen. Er spürte förmlich, mit welcher Erleichterung Anne sie lesen würde, wie sie tief durchatmete, um dann auf der Stelle zu ihm zurückzueilen. Nein, jetzt nur keine langen Erklärungen, keine großen Aussprachen, kein Bohren im Vergangenen. Was zählte, war allein die Zukunft, nichts anderes. Gerade war er dabei, den entscheidenden Satz ins Handy zu tippen, als es schellte. Sein Herz schlug höher. Ob vielleicht … konnte das sein? Stand sie vielleicht schon vor der Tür? Augenblicklich lief er los. Draußen stand Kommissar Mütze.

50. KAPITEL

Freund Pirkheimer sank auf das Sofa nieder. Er war wieder allein, der Kommissar war gegangen. Hatte Pirkheimer nur noch Anne im Sinn gehabt und sich seine Seele zu lichten Höhen aufgeschwungen, so fühlte er sich nun wie abgestürzt. Das, was ihm dieser Mütze mitgeteilt hatte, ließ Schlimmes befürchten. Sie waren Opfer eines Betruges geworden. Die angeblich so teuren rotarischen Räder aus Gold, nichts als raffinierte Fälschungen waren sie, Bleikerne, die man oberflächlich vergoldet hatte. Alle Räder, die man in den exhumierten Särgen gefunden hatte, waren auf diese Weise gefertigt worden. Wer der Fälscher allerdings war, wer genau dahintersteckte, war noch nicht geklärt. Der Nürnberger Goldschmied schwor Stein und Bein, pure Goldräder hergestellt zu haben. Wenn das aber stimmte, war Freund Thürauf höchst verdächtig, war er es doch, der die Ehrenräder persönlich beim Goldschmied abholte. Freund Thürauf wiederum wies, so Mütze, jeden Verdacht empört von sich. Er sei lediglich der Bote gewesen, so wie er die Räder in Empfang genommen habe, so hätte er sie am Grab an den Präsidenten weitergereicht. Aussage stand gegen Aussage. Nicht genug aber, dass offensichtlich ein Betrug vorlag, der Kommissar verstieg sich zu der Behauptung, dass der Profiteur des Betrugs ein ernsthaftes Interesse an den Todesfällen besaß, denn das sei ja seine Geschäftsgrundlage. Pirkheimer wischte sich übers Gesicht. Dass jemand mordete, um sich ein paar 1.000 Euro einzustecken, erschien ihm ganz und gar abwegig. Freund Thürauf jedenfalls war unschuldig, das stand fest. Also blieb nur der Goldschmied. Dieser aber konnte für mindestens zwei Tatzeiten ein Alibi vorweisen, so Mütze. Was nun?

Erschöpft nahm Pirkheimer sein Handy wieder zur Hand. Ach, Anne, komm einfach heim! Genau das schrieb er und drückte auf »senden«.

51. KAPITEL

Bis tief in die Nacht schmiedete sie Pläne, Hunderte von Plänen. Rache ist süß, hieß es, ach, wie untertrieben war das! Seitdem sie wusste, mit wem sie ihr Mann betrogen hatte, seitdem sie die Frau kannte, die auch noch die Frechheit besessen hatte, ihre Besitzansprüche auf Kranzinschriften zu verewigen und sie damit Hohn und Spott auszusetzen und, schlimmer noch, dem Mitleid, seitdem ging es ihr seltsamerweise besser. Nun nämlich hatte ihre ganze Wut ein Ziel, nun marterte sie sich nicht mehr länger mit sinnlosen Fantasien, nun konnte sie endlich handeln. Auf welche Weise aber wollte sie sich rächen? Wie konnte sie es ihrer Konkurrentin heimzahlen? Einfach hinzulaufen und ihr die Meinung zu geigen, das war natürlich zu wenig, das würde den Schmerz nicht aufwiegen, der ihr zugefügt worden war. Denn das war das Mindeste: Alle Qualen musste auch die andere durchleiden, und wenn sie eine Spur stärker leiden musste, war das auch okay. Hatte denn die andere Rücksicht genommen? Hatte sie sich gefragt, wie es der Frau ihres Lovers ging? Hunderte Pläne schmiedete Gunda, einer davon würde es werden.

52. KAPITEL

Gerädert wie nach einer durchzechten Nacht stand der Präsident am nächsten Morgen auf. Kaum eine Viertelstunde hatte er am Stück geschlafen, immer wieder hatte er auf sein Handy schauen müssen, hatte er auf eine Antwort von Anne gewartet, völlig überflüssigerweise natürlich, denn Anne musste schließlich auch mal schlafen. Ob sie noch auf der Jacht war? Irgendwo in der Karibik? Oder ob sie schon auf dem Weg nach Europa war, auf dem Weg zu ihm? Vielleicht war sie sogar schon in Deutschland, saß in irgendeinem Flughafenhotel und wartete nur darauf, zu ihm zurückzukehren. »Komm, Anne, steh auf und schau auf dein Handy!«, flüsterte Freund Pirkheimer, als er seinen Morgenmantel überwarf.

Draußen dämmerte es. Es musste noch einmal geschneit haben, höher noch war die Schneedecke gewachsen. Alle Zweige und Äste, selbst die zerbrechlichsten, waren so überreich von der weißen Pracht überzuckert, dass sie fast wie belaubt erschienen. Wieder nahm Pirkheimer sein Smartphone, drückte auf den grünen *WhatsApp*-Punkt. Noch immer nichts. Ins Grübeln geriet er plötzlich über seinen Satz: »Ach, Anne, komm einfach heim.« Ob Anne seine Nachricht falsch verstanden hatte? Und Pirkheimer begann, sich über sich selbst zu ärgern.

Was hatte er da nur geschrieben? Das schrieb man doch keiner Frau, die man liebte, nach der man sich sehnte! Als der Kommissar gegangen war, hatte ihn ein Zustand maximaler Erschöpfung übermannt, gewiss, aber das konnte Anne doch nicht ahnen. Wie hart wird sie sich damit getan haben, ihm nach einer so langen Trennungsphase, nach Monaten des Schweigens, ihre anrührende Frage zu schicken. Und er reagierte zunächst gar nicht und dann wie ein Trampel. Unruhig lief Pirkheimer in der Küche auf und ab. Es war zum Haare raufen! Sie hatte es in den falschen Hals bekommen, ganz bestimmt. »Ach, Anne, komm einfach heim.« Es war ein Stoßseufzer gewesen, nichts als ein sehnsüchtiger Wunsch. Gestern hatte er sich noch rund und richtig angefühlt, heute aber klang es wie die unwillige Antwort eines genervten Vaters, dessen Tochter darum gebeten hatte, noch eine Stunde länger auf der Party bleiben zu dürfen. Was sollte er bloß tun? Eine zweite Nachricht hinterherschicken? Aber kam das nicht noch blöder? Es half nichts, er hatte es vermasselt. Was für ein Idiot er doch war. Und alles nur wegen dieses betrügerischen Goldschmieds!

53. KAPITEL

Pünktlich um 10 Uhr traf Freund Pirkheimer auf der Burg Falkeneck ein. Das alte Gemäuer mit den drei markanten Türmen war vor einigen Jahren mit großem Aufwand zu einem Tagungshotel umgebaut worden. Eine Holzbohlenbrücke führte über einen steilen Abgrund, dann ging es durch das geöffnete Doppeltor in den Burghof hinein. Freund Guttenberg stand schon an der Eingangstreppe, zusammen mit einem Mann im blauen Anzug, Kurt Haberstroh, der Betreiber des Hotels. Pirkheimer war froh, dass sich Freund Guttenberg Zeit genommen hatte. Herzlich begrüßte er ihn und auch den Hotelier, dann machte man eine kleine Tour durch das alte Haus, das Pirkheimer flüchtig kannte. Die Eingangshalle hätte man eher in einem englischen Jagdschloss vermutet, überall Tierköpfe mit glänzenden Augen und Ölgemälde von alten Adeligen, rechter Hand eine weite Treppe, die sich hinauf zu einer umlaufenden Galerie schwang, von der aus mehrere Türen zu den Gemächern führten. Auch in den Nordturm stieg man, von dem Galeriezimmer, der ehemaligen Türmerwohnung, hatte man einen schönen Blick ins Flusstal. In südlicher Richtung sah man unten die Mühle und die ersten Häuser von Mausgesees, die anderen verbarg ein Hügelzug. Pirkheimer war zufrieden. Die Felsenburg schien für ihre Zwecke bestens geeignet, rundherum ging's steil bergab, der einzige Zugang, der Weg über die Brücke, war gut zu bewachen. Auf seine Rundmail hatten alle Freunde prompt und dankbar reagiert. Selbst Freund Göllner, der sonst so Unerschrockene, schien froh über den Vorschlag zu sein. Die Polizei sah sich außerstande, jeden von ihnen Mittwoch für Mittwoch zu bewachen, alle zusammen aber am gleichen Ort, dafür konnte eine Streife abgestellt werden. Ein Weilchen noch waren E-Mails zu der Frage hin und her geflogen, ob man tatsächlich schon am Dienstagabend zusammenkommen musste, schließlich aber war auch der Letzte von dieser Notwendigkeit überzeugt. Es ging nicht anders, man brauchte einen Ort mit Übernachtungsmöglichkeit. Schließlich begann der Tag um Mitternacht, wer konnte ausschließen, dass der Mörder nicht bereits in den frühen Morgenstunden zuschlug? So war man auf Falkeneck gekommen. Genügend Betten gab es, und das Burgtor konnte man von innen mit einem dicken Balken verschließen. Der Mörder, wer immer er auch war, würde sich die Zähne ausbeißen. Zudem hatte man beschlossen, die Klausur zu nutzen, einmal in Ruhe prinzipielle Fragen zu diskutieren, schließlich war es dringend notwendig, den so arg gebeutelten Klub zukunftsfest zu machen. Natürlich sollte und durfte auch die Geselligkeit nicht zu kurz kommen. Rasch wurde man sich mit Kurt Haberstroh einig. Kein anderer Gast hatte sich zu dieser Jahreszeit angemeldet, man hatte die Burg völlig für sich. Der Hotelier persönlich würde sich darum kümmern, die Räume noch gut einzuheizen, bevor sie am Abend gegen 19 Uhr dort eintrafen. So ging man auseinander. Als er in seinen Wagen stieg, warf Freund Pirkheimer noch einen raschen Blick auf sein Handy. Keine neue Nachricht.

54. KAPITEL

Der Abend war gekommen. Ein Auto nach dem anderen rollte über den Kies in den Burghof. Pünktlich um 19 Uhr hatten die verbliebenen rotarischen Freunde ihre Zimmer bezogen und saßen nun am prasselnden Kamin in der Eingangshalle. Ganz außen saß Freund Hufschnabel, ihm folgten die Freunde Göllner und Guttenberg, auf der anderen Seite des Halbrunds der Präsident und die Freunde van der Brink und Thürauf. Der Burgherr hatte sein Versprechen gehalten, eine angenehme Wärme durchströmte die alten Mauern. In dickbäuchigen Gläsern servierte der Präsident eigenhändig den Whisky, einen über 15 Jahre alter Tropfen, den er von der letzten gemeinsamen Reise mit Anne aus Schottland mitgebracht hatte, aus Tobermory, einem kleinen Hafenstädtchen auf der Isle of Mull. Außer ihnen war niemand im Haus. Nachdem er sie kurz begrüßt hatte, hatte sich der Hotelier wieder verabschiedet. Die beiden Polizisten, die zu ihrem Schutz abgestellt wurden, würden ihren Dienst gegen 22 Uhr beginnen. Der Präsident hatte der Polizei angeboten, sich doch im Hotel aufzuhalten, das jedoch wurde abgelehnt. Die Beamten würden in ihrem Auto im Burghof bleiben. Dort habe man alles im Blick. Gegen 6 Uhr morgens würden sie dann von der nächsten Schicht abgelöst.

Freund Guttenberg machte den Vorschlag, dass sie alle für die Dauer des Aufenthalts auf ihre Handys verzichteten. Ohne die lästigen Quälgeister würde die Klausur erst zur Klausur. Zunächst hatte mancher verdutzt geguckt, dann aber hatte ein jeder lachend sein Handy in den Hut gelegt, mit dem Freund Guttenberg die Runde machte.

»Und nun cheers, liebe Freunde«, sagte der Präsident und hob sein Glas.

»Cheers!«, tönte es vielstimmig zurück.

Man gab sich bewusst locker, mancher Freund aber sah sich verstohlen um und ertappte sich bei der Frage: Wer wird wohl der Nächste sein?

55. KAPITEL

Susanne Hufschnabel machte es nichts aus, einen Abend allein verbringen zu müssen, üblicherweise jedenfalls nicht. Sie war es gewohnt, dass ihr Mann unterwegs war. Zwar trat er seit einiger Zeit beruflich etwas kürzer, vier bis fünf Abende im Monat aber war er weiterhin unterwegs, meist auf irgendwelchen Aufsichtsratssitzungen und heute bei seinen rotarischen Freunden.

Genau das aber war der Grund für ihre leichte Nervosität. Zwar gab es streng genommen keinen Grund zur Sorge, denn das Treffen hatte ja genau den Zweck, die Freunde vor jeder Eventualität zu schützen, die Polizei würde schon aufpassen. Dennoch sehnte Susanne bereits jetzt den Donnerstag herbei. Gut, dass sie genug zu tun hatte! Was half in solch einer Situation besser als Ablenkung?

Susanne war als Übersetzerin gefragt. In ihrem Arbeitszimmer im Erker des ersten Stocks häuften sich die Bücher. Ihre Spezialität war die Übersetzung von Kochbüchern. Kochbücher zu übersetzen, klang nicht schwierig, war aber neben der Übersetzung von Gedichten eine der anspruchsvollsten Aufgaben. Erstens, weil viele Speisen und Zutaten seltsame Eigennamen besaßen, und zweitens, weil schon der kleinste Übersetzungsfehler katastrophale Folgen für das Endprodukt haben konnte. So saß sie auch an diesem Dienstagabend konzentriert über ihrem Schreibtisch, in ihren Lieblingsleggings und mit einem alten Schlabberpullover, um ein Buch über die vegane Küche Grönlands aus dem Dänischen ins Deutsche zu transkribieren, als es an der Tür schellte. Verwundert blickte sie auf. Zu ihrer abgelegenen Villa verirrte sich nur selten ein unangekündigter Gast. Wer mochte das sein, noch dazu zu solch später Stunde?

Rasch band sie sich ihr blondes Haar zu einem Pferdeschwanz und lief die Treppe hinab. Wie aber durchfuhr es sie, als sie die Haustür öffnete! Ganz in Schwarz, das Gesicht rußverschmiert, stand dort ein Schornsteinfeger.

56. KAPITEL

Der Whisky tat seine Wirkung, wenngleich in recht unterschiedlicher Weise. Während einige Freunde zunehmend entspannter wurden, merkte man bei den anderen, wie sich die Nervosität verstärkte und zu einer fast schon aggressiv zu nennenden Stimmung steigerte. Besonders bei Freund Thürauf war das deutlich zu spüren. Offensichtlich war, dass der Besuch von Kommissar Mütze seine Spuren bei dem Lateinlehrer hinterlassen hatte.

»Ich sage euch, ich könnte diesen betrügerischen Goldschmied erwürgen«, entfuhr es ihm, »in was für eine Situation bringt er mich, verehrte Freunde? Nun stehe ich, ein Mann Ciceros und Caesars, als Verdächtiger da!«

Rasch versicherte man ihn vollkommener Solidarität. Man würde diesem Goldschmied nie wieder einen Auftrag erteilen, ja, man würde alles tun, den Schurken zu entlarven. Das Mindeste aber war, dass der Gauner ihnen den Schaden ersetzte, hatte er doch für jedes der angeblich massivgoldenen Abschiedsräder über 6.000 Euro verlangt.

»Jawohl, er muss dafür bezahlen«, rief auch Freund van der Brink und hielt Freund Pirkheimer zugleich auffordernd das geleerte Whiskyglas hin. Dem Präsidenten war nicht ganz wohl dabei, Freund van der Brink nachzuschenken, musste er doch an den wurmartigen Gast denken, der sich in der Leber des Bäckermeisters einquartiert hatte. War es okay, bei bestehender Gelbsucht Alkohol zu trinken? Ein schneller Seitenblick zu Freund Guttenberg aber beruhigte den Präsidenten wieder. Wenn der Doktor nicht protestierte, war wohl alles in Ordnung und gegen ein weiteres Gläschen nichts einzuwenden, ja, vielleicht hatte der Whisky sogar eine heilsame Wirkung, vielleicht betäubte er den Bandwurm, sodass dieser eine Weile vergaß, sich zu vermehren und sich in Freund van der Brinks Körper auszubreiten.

»Was aber machen wir, wenn es uns tatsächlich gelingt, ich meine, wenn man uns die sechs Falschgoldräder durch sechs echte ersetzt?«, fragte Freund Hufschnabel.

Was folgte, war ein betretenes Schweigen.

»Ich meine«, fuhr Freund Hufschnabel fort, »wollen wir wirklich jeden unserer verstorbenen Freunde wieder ausgraben, um ihm das echte Rad in den Sarg zu legen, wie es Freund Oberhofer testamentarisch verfügt hat?«

Die Freunde schüttelten heftig die Köpfe. Testament hin, Testament her, es gab ja auch noch so etwas wie Pietät. Nein, ein Ausgraben der verdienten Freunde kam nicht infrage.

»Zumal wir angesichts der prekären Situation des rotarischen Beerdigungsfonds mit den neuen Goldrädern wieder Luft für weitere Beerdigungen hätten«, fügte der Präsident hinzu.

Als die Worte »weitere Beerdigungen« fiel, sackten alle in sich zusammen. Grausam wurde man sich wieder

der Situation bewusst, die sie zusammengeführt hatte. Für dieses Mal durfte man sich in Sicherheit wiegen, was aber würde am nächsten Mittwoch passieren? Man konnte doch nicht Woche für Woche zusammen im Burghotel verbringen.

»Noch einen Schluck?«, fragte der Präsident und ließ die Whiskyflasche kreisen.

57. KAPITEL

Es gibt Momente, da will man schreien und bekommt doch keinen Ton heraus. Wie in Trance rückwärts schreitend, starrte Susanne Hufschnabel den Schornsteinfeger an. Nicht, dass sie sich vor Kaminfegern fürchtete, ganz gewiss nicht, sie war nicht ängstlich veranlagt, dieses Gesicht aber, so schwarz, so hassverzerrt, es war einfach nur zum Fürchten. Das Fürchterlichste aber war, dass ihr das Gesicht bekannt vorkam. Wer war das? Warum sagte die schwarze Gestalt nichts, warum folgte sie ihr wortlos ins Haus hinterher, warum warf sie die Tür hinter sich zu? Susanne presste die Hand gegen den Mund.

Was wollte der Kerl von ihr? Endlich begann die Gestalt zu sprechen: »Du scheinst dich zu erinnern, nicht wahr? Du kennst mich gut, oder sollte ich sagen, besser noch kennst du meinen Mann.«

Gunda! Das war Gunda, die Frau von Manfred Drei-heilig. Susanne blieb abrupt stehen, jetzt fand sie ihre Sprache wieder.

»Mensch, Gunda, spinnst du? Was soll das? Wie kannst du mich so erschrecken?«

»Vor Manfred bist du nicht zurückgewichen, vor ihm hast du dich nicht so geziert.«

»Mein Gott, was redest du?«

»Was ich rede? Was ich rede, ist weniger interessant. Was *du* redest, das interessiert hier, dein dummes Gesäusel: Für immer dein! Du Betrügerin, du falsche Schlange!«

Und während sie diese Worte sprach, griff die Schorn-steinfegerin mit triumphierendem Blick in ihre Anzug-jacke und zog etwas hervor.

58. KAPITEL

Der Abend neigte sich dem Ende. Als Letzte hingen noch die Freunde Pirkheimer und Guttenberg in ihren Sesseln und schauten in die schwelende Glut. Das Feuer war längst heruntergebrannt. Zum Schluss hatten sie die leeren Pizzakartons hineingeworfen, worauf die Flamme noch einmal hoch emporgeschossen war, nun aber waren nur noch letzte Glutnester zu sehen. Die anderen Freunde waren schon zu Bett gegangen, in der Burg war es still. Auf dem Hof hatte sich pünktlich um 22 Uhr ein weiteres Auto hinzugesellt. In ihm saßen zwei Polizisten in Zivil. Freund Pirkheimer hatte sie kurz begrüßt und gefragt, ob man ihnen vielleicht noch mit einem Kaffee eine Freude machen könne, was die beiden freundlich, aber entschieden abgelehnt hatten. Sie hätten in solchen Fällen stets ihren eigenen Proviant dabei. Man hatte sich eine gute Nacht gewünscht, und Pirkheimer war zurück ins Haus. Noch eine zweite Whiskyflasche hatten die Freunde entkorkt, auch diese Flasche ging nun zur Neige.

»Zum Wohle, Friedel.«

»Zum Wohle, Paul.«

Sie tranken ein letztes Glas zusammen. Der Whisky schmeckte nach Gras und einer Spur verbranntem Eichenholz. Freund Pirkheimer schloss die Augen und dachte an die kleine Destillerie im Hafen von Tobermory. Wenn Anne zu ihm zurückkam, würde er mit ihr wieder einen Urlaub in Schottland planen. Warum nicht auf die Isle of Mull? Dort gab es ein altehrwürdiges Herrenhaus, auf einem grünen Hügel gelegen, direkt über dem Meer. Der Blick war fantastisch, in der Ferne sah man gestaffelt die Ausläufer der Äußeren Hebriden. Mit etwas Glück konnte man Delfine vor der Küste springen sehen, auch wenn es vielleicht Schweinswale waren, wie Anne behauptete. Sie widersprach ihm gerne, was ihm aber nichts ausmachte. Im Gegenteil, manch lustiges Geplänkel hatte sich daraus ergeben. In der Ehe musste man nicht ständig einer Meinung sein, es konnte durchaus unterhaltsam sein, sich zu streiten. Natürlich nicht immer und ständig und aus Prinzip, sondern einfach nur so, aus Spaß am Pingpong der Argumente.

»Warst du schon mal in Schottland, Friedel?«

»Nur mal für ein paar Tage in Edinburgh, auf einem Ärztekongress. Warum?«

»Lustige Leute, die Schotten.«

»Und lustige Getränke!«

»Cheers!«

»Cheers!«

Die Standuhr schlug Mitternacht, zwölf dumpfe Schläge. Zeit, ins Bett zu gehen.

59. KAPITEL

Zwei Frauen aber gab es, die nicht an Schlaf dachten. Mit einem Kissen Abstand saßen Susanne und Gunda auf dem lang gestreckten Diwan im Wohnzimmer der Jugendstilvilla. Auf dem Couchtisch, neben der Glasvase mit den frischen Ranunkeln, lag das Blatt Papier, das Gunda aus der Tasche gezogen hatte. Immer noch trug sie den Schornsteinfegeranzug ihres Mannes. Ihr Gesicht aber glänzte frisch, nachdem sie sich in der Gästetoilette die Schwärze abgerubbelt hatte. Den Ruß hatte sie entfernen können, nicht aber die Scham. Was für ein Abend! Er war so gänzlich anders verlaufen, als sie sich das vorgestellt hatte. Als sie ihrer Rivalin, einem triumphierenden Racheengel gleich, den Ausdruck von dem Auftrag des Kranzes präsentiert hatte, hatte Susanne bestürzt den Kopf geschüttelt und war dann in Tränen ausgebrochen. Aber ja, natürlich sei sie das gewesen! Diesen Kranz habe sie eigens für das Grab ihrer geliebten Tante Marga fertigen lassen, anlässlich ihres zehnten Todestages. Tante Marga habe sie wie eine Mutter aufgezogen, keinem anderen Menschen sei sie dankbarer. Wie der Kranz auf das Grab von Gundas Ehemann geraten sei, dafür habe sie keine Erklärung. Wenige Tage zuvor habe sie mit ihm das Grab von Tante Marga geschmückt. Gunda hatte ihr zuerst nicht glauben wollen, dann aber hatte Susanne ihr Smartphone geholt und ihr die Fotos von Tante Margas Grab gezeigt.

»Für immer dein!«, hatte dort gestanden, mit dem roten Herzen dahinter.

»Irgendwelche Strolche müssen sich einen Spaß mit dem Kranz erlaubt haben«, flüsterte Susanne.

Für einen Moment fuhren Gundas Gefühle Achterbahn. Sie verstand und verstand nicht. War das möglich? Das alles sollte nur ein Irrtum gewesen sein? Nach einer Weile der Verwirrung fing Gunda unsicher an zu lächeln. Erleichterung und Beschämung kämpften in ihr. Was musste Susanne nur von ihr denken? Doch Susanne schien ihr schon nicht mehr böse zu sein, im Gegenteil, sie war voller Verständnis.

»Zu dumm, dass ich bei Freund Gensekiels Beerdigung nicht dabei sein konnte. Dann hätte sich der Irrtum doch sofort aufgeklärt.«

»Ich bin so ein Idiot«, sagte Gunda leise, worauf Susanne näher rückte, um sanft den Arm um ihre Schulter zu legen.

»Du hast deinen Mann verloren, und dann der Schock mit dem Kranz, wer weiß, wie es mir ergangen wäre.«

Darauf nahm sie noch einmal den Ausdruck zur Hand, der vor ihnen auf dem Wohnzimmertisch lag. Etwas schien ihre Aufmerksamkeit erregt zu haben.

»Hast du das Foto noch auf deinem Handy?«

»Ja, warum?«

»Zeig mal her.«

Nachdem ihr Gunda das Handy mit dem Foto gegeben hatte, zoomte Susanne eine Ecke näher heran.

»Hier, siehst du das? Dort an der Wand hinter dem Schreibtisch, das längliche Ding.«

»Was ist das?«

»Sieht aus wie ein indianisches Blasrohr.«

»Ja und?«

»Der Bulle, der Peter Deusel umgerannt hat, der hatte doch den Pfeil von einem Blasrohr im Hintern, so einen mit echten Vogelfedern.«

60. KAPITEL

Wie spät war es? Ein Traum hatte den Präsidenten aus dem Schlaf geschreckt, irgendein unsinniges Durcheinander. Es war ihm, als hätte er von dem armen Wiggerl geträumt, gelähmt auf seinem Krankenbett liegend hatte er um Hilfe geschrien, furchtbar. Pirkheimer streckte seinen Arm aus und tastete nach seinem Handy, aber da lag nichts auf dem Nachttisch. Der Präsident seufzte. Es steckte wohl noch in Freund Guttenbergs Hut. Mühsam setzte er sich auf und blickte zum Fenster hinaus. Vom Mondschein beschienen sah er einen steil abfallenden Felsrücken, ein Krüppelbäumchen klammerte sich an einen Vorsprung, sonst nur nackter Stein, darüber der Winterhimmel. Ein Bild wie von Caspar David Friedrich, still und melancholisch. Ob Anne geantwortet hatte? Und wo sie wohl gerade steckte? Ob sie auch nicht schlafen konnte, und wenn sie nicht schlafen konnte, ob sie an ihn dachte? Vielleicht lag sie noch neben Knüllwald, spielte ihm vor, dass sie schlief, und sehnte sich nach ihm zurück. Oh, wenn es denn so wäre!

Irgendwie hatte er immer gespürt, dass sie zu ihm zurückkam. In den vielen Selbstgesprächen, die er in dem einsamen Jahr geführt hatte, sprach er sie weiter als seine Frau an, und so war es auch: Anne war weiter seine Frau, auch wenn sie ihn verlassen hatte, würde sie es immer bleiben. Vielleicht wusste sie es selbst nicht, das konnte sein, so klug sie war, so wenig schien sie über sich nachzudenken. In dieser Hinsicht war sie wie ein Kind. Stets handelte sie spontan, aus dem Bauch heraus, genau das liebte er an ihr. Manchmal aber verrannte sie sich. Er würde ihr verzeihen, alles verzeihen, obwohl es streng genommen nichts zu verzeihen gab. Denn hatte nicht jeder Mensch das Recht, seinem Herzen zu folgen? Konnte man ihm zum Vorwurf machen, dass er dorthin ging, wohin es ihn zog? Sie waren verheiratet, gewiss, aber was hieß das schon? Aus einem Stück Papier Rechte abzuleiten, sie gar einzufordern, das war doch lächerlich, das funktionierte vielleicht im Geschäftsleben, nicht aber in der Beziehung zwischen zwei Menschen. Es gab nur ein einziges Recht, auf das man sich verlassen konnte, und das war das Recht der Liebe. Was aber, wenn die Liebe verschwand?

Pirkheimer wandte seinen Blick von der nächtlichen Winterlandschaft. Er musste versuchen, wieder in den Schlaf zu finden. So vergrub er seinen Kopf wieder in dem dicken Kissen. Er schloss gerade die Augen, als er glaubte, ein Geräusch wahrzunehmen. Es klang wie eine Tür, die leise geöffnet wurde, dann waren Schritte zu hören. Vielleicht musste jemand auf die Toilette. Die Zimmer hatten nur ein Waschbecken, die Bäder lagen am Ende des Gangs. Langsam entfernten sich die Schritte wieder, dann wurde es still.

61. KAPITEL

Das Frühstück nahmen die sechs Freunde im Gesellschaftszimmer ein, ein stuckverzierter Raum im ersten Stock, an dessen Decke nackte Engelchen schwebten. Die hohen Fenster gingen über den Hof nach Süden hinaus, herrlich glitzerte die Winterlandschaft im Schein der Morgensonne. Die Freunde hatten bewusst auf jeden Service verzichtet und stellten sich ihr Frühstück selbst zusammen. Der Präsident brühte den Kaffee, Freund van der Brink schob Brötchenrohlinge in den Ofen, Freund Guttenberg deckte den Tisch, Freund Thürauf schnitt Obst auf, und Freund Hufschnabel rührte Joghurt an.

»Wo steckt Freund Göllner?«, rief Freund Hufschnabel über die Schulter, »Er wollte doch für Rührei und gebratenen Speck sorgen.«

»Gönnt sich wohl noch 'ne Mütze Schlaf«, sagte Freund Thürauf.

Den Whisky hatten sie gut vertragen, in gelöster Stimmung setzte man sich zu Tisch. Es hatte fast etwas von einer Klassenfahrt, man alberte herum und ließ es sich schmecken. Wie doch eine heitere Morgenstunde alle trüben Gedanken verscheuchen konnte! Nur das Rührei fehlte. Wo Freund Göllner nur blieb?

»Ich geh mal nachschauen«, sagte der Präsident und stand auf.

Freund Göllner wohnte im Zimmer neun. Pirkheimer klopfte, erst vorsichtig, dann kräftiger.

»Norbert? Bist du wach?«

Nichts rührte sich. Pirkheimer klopfte noch lauter.

»Norbert? Hallo?«

Als immer noch nichts zu hören war, drückte der Präsident die Klinke herunter und öffnete die Tür. Freund Göllner lag regungslos im Bett, in seinem Bauch steckte ein Messer.

62. KAPITEL

Wer Zeuge von diesem seltsamen Treffen geworden wäre, der hätte sich verwundert die Augen gerieben. Während sich die Rotarier auf Falkeneck zum Frühstück niederließen, rollte vor der Villa der Hufschnabels ein Auto nach dem anderen vor. Ihnen entstiegen die Frauen und Witwen der rotarischen Freunde. Alle waren sie gekommen, selbst die alte Frau Kunreuther mit ihrem blauvioletten Silberschopf. Friederike van der Brink hatte sich zwei prall gefüllte Tüten mit Semmeln unterschiedlicher Bekrümelung unter ihre prächtigen Oberarme geklemmt, denn es sollte ein Arbeitsfrühstück werden. Was ihre Männer konnten, das konnten sie schon lange! Alle waren sie gespannt, was diese Dringlichkeitssitzung sollte, und ausgerechnet bei Susanne Hufschnabel, mit der man doch nicht gerade auf freundschaftlichen Fuß verkehrte. Gunda hatte am Telefon nicht viel verraten, nur, dass es um Leben und Tod ging. Als sie zusammen um den Nussbaumtisch versammelt waren, erhob Susanne sich.

»Schön, dass ihr alle gekommen seid«, begann sie, »ich brauche nicht daran zu erinnern, was für schlimme Dinge viele von euch durchgemacht haben, und auch diejenigen unter uns, die keinen Toten zu beklagen haben, leben doch in ständiger Sorge. Die Polizei kümmert sich am heutigen Mittwoch um unsere Männer, mehr aber auch nicht. Das Morden, es will kein Ende nehmen. Da haben Gunda und ich uns gesagt, Zeit, dass wir Frauen uns einmischen.«

Ein lebhaftes Getuschel entstand, halb fragend, halb zustimmend. Susanne Hufschnabels Gesicht wurde etwas unsicher. Leicht betreten sah sie zu Mechthild Deusel hinüber, dann zu Gunda und Gunda nickte leise. Sie hatte verstanden. Es war wohl besser, sie übernahm.

»Liebe Mechthild, es ist wegen des Pfeils, weißt schon, der Pfeil im Hintern des Bullen, der deinen armen Mann getötet hat. Der Kommissar hat doch gemeint, er könne aus einem Blasrohr stammen, wahrscheinlich aus einem exotischen, wegen der Originalvogelfedern. Und nun haben wir das hier gefunden.«

Mit diesen Worten zog sie ihr Smartphone hervor, zoomte auf dem Bildschirm herum, wobei sie sorgfältig darauf achtete, dass man den Auftrag von der Schärpe nicht sehen konnte.

»Wisst ihr, was das ist?«

Gespannt beugten sich die Frauen vor, Mechthild aber bekam große Augen.

»Du meinst … ihr meint …«

»Alles nur Spekulation, aber ein Ansatz immerhin.«

»Wo hängt das Blasrohr?«

»Im Büro von Georg Himmelreich.«

»Dem Bestatter?«

»Exakt.«

»Und nun?«

»Nun wollen wir seiner Wohnung einen kleinen Besuch abstatten.«

63. KAPITEL

»Hurra, ich lebe noch!«, rief Freund Göllner und sprang aus den Federn. Das Messer, er hatte nur so getan, als stecke es in seinem Bauch. Die herbeigeeilten Freunde erschraken zu Tode, dann begannen sie, mit Kissen nach dem Spaßvogel zu schlagen. Der Präsident aber dachte ganz und gar unrotarisch: Ich könnte ihn erwürgen! Was für ein Armleuchter! Freund Göllner duckte sich weg und schrie lachend um Hilfe. Anschließend versuchte er, wieder gut Wetter zu machen, indem er sich Mühe gab, das beste Rührei seines Lebens zu zaubern. Als er den Freunden eine zweite Portion auf den Teller lud, konnten sie schon wieder über ihn lachen. So war Freund Göllner eben, stets zu dummen Scherzen aufgelegt. Weil es ein Mittwoch war, ließ es sich der Präsident nicht nehmen, auf das offizielle Meeting um 12 Uhr hinzuweisen, bis dahin sei Zeit zur freien Verfügung, eine Bemerkung, die mit Heiterkeit zur Kenntnis genommen wurde. Der Vortragende sei heute Freund Hufschnabel, der über die Lage an den Finanzmärkten berichten sowie Anlagetipps verraten wollte, ein jährliches Ritual zum Jahresende. Zum Mittagessen stand Toast Hawaii auf der Karte, zubereitet vom Küchenteam van der Brink/ Göllner, zum Abendessen wollte man sich das Essen vom *Grünen Baum* liefern lassen, auch, um dem Wirt eine Freude zu machen.

»Hier die Speisenkarte. Schreibt eure Namen hinter euer Wunschgericht, ich faxe es dem guten Bäuml dann rüber.«

Motorgeräusche ertönten, ein Auto fuhr mit knirschenden Reifen über den Kies. Freund van der Brink trat ans Fenster. »Die Wachablösung«, knurrte er. Jemand lachte, das Lachen aber hatte etwas Angestrengtes.

64. KAPITEL

Im *Grünen Baum* herrschten Tag ein, Tag aus, die immergleichen Rituale. Umso mehr fiel auf, dass die Rotarier heute nicht kamen. Der Wirt, Harald Bäuml, hatte nur seinen fleischigen Kopf geschüttelt, als der Präsident ihm mitgeteilt habe, man würde an diesem Mittwoch in Klausur gehen und wie man es am nächsten Mittwoch halten wolle, sei noch ungewiss. Ob etwas mit den Schäufeles nicht gestimmt habe, hatte er misstrauisch gefragt, worauf der Präsident sich beeilt hatte zu versichern, dass mit der Küche alles bestens sei, man sei gerade nur in einer Neuorientierungsphase, deshalb die Klausur auf Burg Falkeneck. Gerne würde man sich etwas zum Abendessen liefern lassen, wenn das ginge. Hätte er dem Wirt die Wahrheit sagen sollen? Hätte er ihm beichten sollen, dass man mittwochs unter Polizeischutz stand? Während der Nebenraum heute leer blieb, traf pünktlich wie immer um 17.30 Uhr der Stammtisch ein: Jungbauer Kunreuther, Winni Dotterweich und Georg Himmelreich. Die Männer bestellten sich ein erstes Saidla und packten ihre Karten aus. Wie aber erstaunten sie, als die Tür aufging und die Mutter des Jungbauern in der Wirtsstube erschien! Die alte Kunreutherin ging abends doch nie aus, geschweige denn ins Wirtshaus. Langsam wackelte sie zum Stammtisch.

»Ich will nicht stören, Sohnemann, ich bringe dir nur den Haustürschlüssel.«

»Aber Mama, ich hab doch meinen Schlüssel eingesteckt!«

Kopfschüttelnd entschuldigte sich die Bäuerin und murmelte etwas vor sich hin. Da müsse sie am Schlüsselbrett wohl etwas übersehen haben. Mit diesen Worten verabschiedete sie sich wieder. Draußen aber griff sie zu ihrem Handy und flüsterte: »Die Luft ist rein!«

65. KAPITEL

»Es geht los!«, rief Gunda.

Augenblicklich machten sich die Frauen an die Arbeit. Sie hatten sich in der Backstube aufgehalten, nun liefen sie die Sackgasse zur Schreinerei hinunter. Im Hof angekommen, ließen sie ihre Smartphones aufflammen, dann drangen sie ins Büro ein. Mit einem leichten Gruseln inspizierten sie das Blasrohr an der Wand. Buntverziert und mit Bändern umschlungen sah es aus, als käme es aus Südamerika oder aus Ostindien, vielleicht auch von einem afrikanischen Stamm.

»Nicht anfassen!«, flüsterte Gunda.

Neben dem Blasrohr hing weitere Ethno-Kunst, afrikanische Masken und indonesische Stabpuppen, nichts aber, was man durch das Blasrohr hätte jagen können. Wo nur hatte Himmelreich die Pfeile versteckt? Wenn es ihnen doch gelänge, einen Pfeil von der Art zu finden, wie er im Hintern des Gallowaybullen gesteckt hatte. Dann war Himmelreich überführt. Auch über sein Motiv waren sich die Frauen klar geworden. Babsi, die Frau des verstorbenen Schatzmeisters, hatte von Himmelreichs Rechnungen berichtet. Über 10.000 Euro hätte er für jeden Sarg und seine übrigen Leistungen verlangt. Machte bei sechs Beerdigungen 60.000 Euro in nur sechs Wochen.

»Mein Sohn hat mal erzählt, Himmelreich sei ein Spieler. Jede Woche fahre er nach Bad Steben ins Casino«, wusste die Kunreutherin zu berichten.

»Dazu seine Eitelkeit! Habt ihr bemerkt, mit welchem Stolz er jeden Beerdigungszug begleitet hat?«

»Und dieser gezwirbelte Schnurbart, wenn der nicht verdächtig ist!«

Schublade für Schublade begannen die Frauen nun hervorzuziehen, öffneten auch die Rolltüren der Schränke, fanden aber nicht, was sie suchten. Kein Pfeil, nirgends.

»Und nun?«

»Schauen wir uns mal in seiner Wohnung um.«

In die Wohnung gelangte man über einen langen Flur, der mit abgetretenen Läufern ausgelegt war. Eine typische Junggesellenwohnung, wie die Frauen schnell feststellten, eine Putzhilfe schien Himmelreich nicht zu beschäftigen. Auf dem Herd stand noch die Pfanne mit den Resten eines Pilzgerichts, daneben eine Kollektion von Bierflaschen, im geleerten Zustand natürlich, jede Brauerei der Fränkischen Schweiz schien vertreten. Die Frauen teilten sich auf, keinen Schrank, kein Kästchen, das sie sich nicht durchsuchten, ja, Christine Gensekiel schaute selbst im Kühlschrank nach, wo jedoch nur eine Palette von Fertiggerichten auf die Mikrowelle wartete. So sehr sich die Frauen bemühten, sie entdeckten nichts.

»Dann bleibt nur noch die Werkstatt«, sagte Gunda.

Die Schreinerwerkstatt befand sich gleich neben dem Büro. Zum Glück war die Schiebetür nicht verschlossen. Es roch nach frischen Spänen und Lack, ein paar neue Türstöcke standen angelehnt an der Wand, sonst beherrschten große Maschinen den Raum, eine Kreissäge, eine Fräse, ein Tisch mit einem langen Polierband. Im hintersten Teil des Raumes, neben dem Regal mit den Furnieren, lag ein voluminöser Gegenstand, der mit einem Tuch verhängt war. Neugierig lüftete Mechthild Deusel einen Zipfel.

»Das gibt es nicht«, entfuhr es ihr.

»Was ist? Was hast du gefunden?«

Rasch eilten die anderen Frauen herbei.

Mechthild hatte den Zipfel erschrocken wieder fallen gelassen und sah sie mit großen Augen an.

»Ich glaube, es ist besser, wenn Rike mal wegschaut.«

Die Bäckersfrau mit den imposanten Oberarmen aber dachte gar nicht daran. Stattdessen trat sie vor, entschlossen wie ein Torero, und riss das Tuch beiseite. Wer aber beschreibt das Entsetzen, das nun auf ihr Gesicht trat? Im bläulichen Schein der Smartphones glänzte ein Sarg. Er war in Form eines Brotlaibs gestaltet.

66. KAPITEL

Nur mühsam konnte Susanne die anderen Frauen zurückhalten, den *Grünen Baum* zu stürmen. Was jetzt nicht half, war Selbstjustiz. Auch wenn sie die Wut verstand, man musste kühlen Kopf bewahren. Noch war der Beweis nicht erbracht.

»Der Beweis nicht erbracht? Und was ist mit dem Sarg?«

»Himmelreich wird sich herausreden, er kann sagen, entschuldige, Rike, er kann sagen, jeder wisse doch, dass dein Mann nicht gesund sei, da habe er schon mal auf Vorrat produziert.«

»Auf Vorrat?«

»Nun ja, eine dumme Ausrede natürlich nur und ziemlich geschmacklos obendrein. Wer aber will ihm nachweisen, dass er deinen Mann ... also dass er jemanden ermorden wollte?«

Ratlosigkeit machte sich breit.

»Und was nun?«, fragte Christine Gensekiel.

67. KAPITEL

Mechthild Deusel bestand darauf, umgehend die Männer zu informieren, die Bäckersfrau aber wurde bei dem Gedanken bleich: »Was soll ich meinem Mann denn sagen? Dass sein Sarg schon auf ihn wartet?«

Gunda und Susanne schlossen sich Friedrikes Meinung an. Wolle man Himmelreich überführen, sei es besser, die Männer nicht einzuweihen. Besser war es, sie verhielten sich weiter unauffällig, schließlich durfte Himmelreich keinen Verdacht schöpfen.

»Mit Speck fängt man Mäuse«, kicherte Babsi, worüber Hiltrud die Nase rümpfte. Niemand stand es zu, ihren Mann mit einem Stück Speck zu vergleichen, schon gar nicht dieser Rheinländerin.

Je zwei Frauen würden die Überwachung von Himmelreich übernehmen, alle zwei Stunden wollte man sich abwechseln. Schnell richtete man noch eine *WhatsApp*-Gruppe ein, der man den Namen *Aktion direkt* gab. Dann verabschiedete man sich, während Gunda und Susanne zurückblieben, sie wollten die erste Schicht übernehmen. Friederike bot ihnen an, sich doch in das Handarbeitszimmer des Bäckerhauses zu begeben. Von dort habe man einen guten Blick in die Wirtsstube, direkt auf den Stammtisch, und außerdem sei es draußen doch bitterkalt.

»Glaubst du, er schlägt heute noch zu?«, fragte Gunda Susanne, nachdem sie ihren Posten bezogen hatten.

»Ganz bestimmt, heute ist schließlich Mittwoch.«

Warum der Mörder immer an einem Mittwoch zuschlug, auch dafür hatten sie sich eine Antwort zurechtgelegt.

»Ganz klar, Himmelreich will eine falsche Fährte legen«, sagte Gunda, »er will, dass der Verdacht auf einen unserer Männer fällt.«

»Oder auf jemanden, der unsere Männer hasst, weil sie Rotarier sind.«

»Auch das. Echt perfide.«

Je mehr sie darüber nachdachten, desto sicherer waren sie sich: Nur Himmelreich kam als Täter infrage.

»Vielleicht zusammen mit dem Wirt der *Leckerei*«, hatte Babsi zu bedenken gegeben, »wisst ihr, was der Leichenschmaus gekostet hat? Über 10.000 Euro pro Essen!«

Man sollte eine Beerdigung nicht zu teuer machen, um keine falschen Anreize zu setzen, dachte sich Susanne mit einem bitteren Lächeln. Es ging auf 19 Uhr zu. Am Stammtisch wurden weiter die Karten geklopft, während hinter dem Nachbarfenster eifrig gekocht wurde, Harald Bäuml bereitete das Abendessen für die rotarischen Freunde zu. Keine halbe Stunde später ging die Wirthaustür auf, und der Wirt trug drei Essenskartons zu seinem Auto, während ihm Himmelreich die übrigen Kartons hinterhertrug. Bäuml bedankte sich mit einem Kopfnicken, dann fuhr er los. Georg Himmelreich aber kehrte raschen Schritts zu seinem Stammtisch zurück und nahm das unterbrochene Spiel wieder auf. Gunda und Susanne ließen ihn nicht aus dem

Auge, Seite an Seite saßen sie im dunklen Zimmer und sahen durch die Scheibe.

»Entschuldige, Susanne«, flüsterte Gunda plötzlich.

»Ist doch längst vergessen.«

»Ich meine nicht meine Kostümierung.«

»Was denn sonst?«

»Du weißt schon, dass wir dich so kühl behandelt haben, das meine ich.«

Eine kleine Pause entstand.

»Manche Dinge brauchen eben ihre Zeit«, erwiderte Susanne und strich sich durch die Haare.

Die Zeit kroch dahin. Die Stammtischbrüder machten keine Anstalten, den Abend zu beenden. Natürlich war davon auszugehen, dass der Bestatter genau wusste, wo die Rotarier heute steckten. Auch von dem Polizeischutz dürfte er gehört haben. Ob ihn das von seinen Mörderplänen abhielt? Ob er sich dachte, okay, dann eben das nächste Mal? Scheinwerfer streiften die Front des *Grünen Baums*. Harald Bäuml kam zurück.

»Verdammt«, rief Susanne und schlug sich vor die Stirn, »komm, wir müssen los!«

68. KAPITEL

Die Sechserrunde saß wieder um das Kaminfeuer, in dem lustig das Feuer prasselte. Vor dem Abendessen gönnte man sich noch ein Gläschen *Rémy Martin* als Aperitif. Der Tag war wie im Flug vergangen. Der Vortrag beim Mittagsmeeting hatte zu angeregten Diskussionen über die Frage geführt, wie man in zinslosen Zeiten sein Geld noch für sich arbeiten lassen konnte. Nach dem Toast Hawaii und einem kleinen Nickerchen hatte man Kaffee getrunken und sich anschließend im verschneiten Hof die Beine vertreten, als Freund Göllner auf die verrückte Idee mit der Schneeballschlacht gekommen war. Schnell hatte man zwei Gruppen gebildet und sich über den Brunnen hinweg mit weißen Bällen beworfen, zur großen Verwunderung der beiden Polizisten, die die Nachmittagsschicht in ihrem Auto absaßen. Die frische Winterluft hatte die Freunde hungrig gemacht, und so freute man sich auf das Abendessen. Eisern verzichteten sie weiter auf ihre Handys, auch wenn der eine oder andere sich gelegentlich dabei ertappte, wie er aus reiner Gewohnheit nach der Jackentasche griff. Dem Präsidenten fiel das selbst auferlegte Gebot besonders schwer, sehnte er sich doch nach nichts anderem als danach, die erlösende Antwort von Anne zu erhalten.

Als man zum zweiten Gläschen übergegangen war, klopfte es hart an der Tür. Ohne auf Antwort zu warten, trat einer der Polizeibeamten ein. Im Hof sei ein Harald Bäuml vorgefahren, er behaupte, das Abendessen zu bringen.

»Wolle ma 'n reinlasse?«, witzelte Freund Göllner.

69. KAPITEL

Zehn Minuten später saßen alle an der langen Tafel im Gesellschaftszimmer. Das Essen durfte man nicht kalt werden lassen. Jeder hatte die mit seinem Namen beschriftete Alupackung aufgerissen und sich den köstlich duftenden Inhalt auf den Teller geschoben. Ein Fässchen Bier stand schon bereit, sodass es an nichts fehlte.

»Dann wollen wir es uns mal schmecken lassen!«, sagte der Präsident und hob seinen schäumenden Krug. »Guten Appetit!«

Beherzt griffen die Freunde nach Messer und Gabel. Harald Bäuml hatte wirklich sein Bestes gegeben. Drei Freunde hatten sich für die Currywurst-Spezial entschieden, zwei für das Schäufele, Freund van der Brink für den Schweinebraten. Mit Pilzen sogar! Hatte gar nicht auf der Karte gestanden. Gerade wollte er zugreifen, da flog die doppelflügelige Tür auf, herein stürmten die Damen.

»Stopp!«, riefen sie und: »Messer und Gabel fallen lassen!«

Friederike aber lief zu ihrem Mann und drückte ihn mit ihren prächtigen Oberarmen so fest an sich, als wolle sie ihn nie wieder loslassen.

70. KAPITEL

Alles Weitere war polizeiliche Routine. Zunächst bestritt Georg Himmelreich alles, ja, er tobte und regte sich furchtbar auf, als Mütze beim Stammtisch erschien. Die Pilze aber überführten ihn rasch und später auch der Gentest, hatte man doch Speichelspuren an dem verschossenen Pfeil entdeckt, die mit 99,9-prozentiger Wahrscheinlichkeit nur von dem Bestatter stammen konnten. Sein Motiv waren Spielschulden gewesen, nur mit den teuren Beerdigungen hatte er sich über Wasser halten können.

»Und was ist mit den anderen Todesfällen?«, fragte der Doktor den Präsidenten, als sie am nächsten Abend noch zusammen in der Wohnung von Freund Pirkheimer saßen und eine Flasche Rotwein leerten.

»Da ist dieser Mütze dran. Bin mir ziemlich sicher, dass die volle Wahrheit ans Licht kommen wird.«

»Und der gute Harald Bäuml ist unschuldig?«

»Voll und ganz. Himmelreich hat die Pilze heimlich in das Essen von Freund van der Brink geschmuggelt, der Wirt hat nichts davon mitbekommen.«

Den Präsidenten schüttelte es jetzt noch, wenn er dran dachte, wie knapp alles gewesen ist. Eine Minute später, und Freund van der Brink hätte sein Leben ausgehaucht.

»Und das Raffinierte war, man hätte das Leberversagen dem Bandwurm angelastet und nicht dem Knollenblätterpilz«, sagte der Doktor.

»Da hat der Bandwurm aber noch mal Glück gehabt«, grinste der Präsident.

Freund Guttenberg musste lachen und schämte sich nicht dafür. Ohne Galgenhumor war die Geschichte nicht zu ertragen.

»Einen Sarg wie ein Brot zu gestalten, geschmackloser geht's nicht mehr«, sagte er.

»Welchen Sarg Himmelreich wohl für uns vorgesehen hatte?«

Besser nicht darüber nachdenken! Die beiden Freunde hoben die Gläser und stießen an.

»Tragisch die Sache mit Hiltrud.«

»Das kannste laut sagen. Der arme Freund Thürauf, peinlicher geht's nicht.«

»Ich denke aber, wir haben eine gute Lösung gefunden.«

Hiltrud würde alles zurückzahlen, wodurch in Freund Oberhofers *Auferstehungsfond* wieder ein hübscher Batzen zurückfloss. Kommissar Mütze war ihr auf die Schliche gekommen, hatte den Juwelier ermittelt, der die vergoldeten Bleiräder hergestellt hatte. Hiltrud Thürauf hatte sie bei ihm in Auftrag gegeben. Welcher Teufel sie geritten hatte, Imitate für die Räder anfertigen zu lassen und die echten Goldräder zu versilbern, verstand keiner, der sie kannte. Unter den Frauen wurde gemunkelt, sie habe mit Babsi und ihrem Lebensstil mithalten wollen, wer aber wusste das schon so genau?

»Freund Thürauf ist unschuldig, 100-prozentig. Er ist genau wie wir aus allen Wolken gefallen.«

»Schwamm drüber.«

Eine Anzeige hatten sie nicht gestellt, so etwas wäre für alle Beteiligten zu peinlich geworden. Bloß keine mediale Aufmerksamkeit! Angesichts der Not in der Welt würde kein Mensch verstehen, dass man Toten wertvollstes Gold hinterherwarf.

»Wäre es nicht an der Zeit, diesen Brauch zu ändern, Freund Oberhofer zum Trotz?«, fragte der Präsident und schwenkte nachdenklich sein Weinglas. »Was meinst du, Friedel?«

Der Doktor nickte, und man kam überein, beim nächsten Meeting einen entsprechenden Beschluss zu fassen und das *Auferstehungskonto* für andere Zwecke zu nutzen. Zumal man ja auch keine individuellen Särge mehr gefertigt bekam, jetzt, wo Himmelreich einsaß. Das Vermögen sollte den Lebenden zukommen, den zahlreichen Bedürftigen, die es auch in Mausgesees und Umgebung gab. Freund Oberhofer würde es ihnen sicher verzeihen. Man würde künftig Särge von der Stange nehmen und zum Leichenschmaus in den *Grünen Baum* einkehren. Außerdem hatte Hiltrud ihnen noch mit verhärmtem Gesicht fünf vergoldete Bleiräder ausgehändigt, sodass man symbolisch an dem von Freund Oberhofer verfügten Brauch festhalten konnte.

»Noch ein Gläschen?«, fragte der Präsident, glücklich, diese komplizierte Frage gelöst zu haben.

Freund Guttenberg sah auf die Uhr und schüttelte den Kopf. Schon 23 Uhr durch, Zeit zu gehen. Freund Pirkheimer begleitete ihn noch zur Tür.

»Vielleicht machst du doch den nächsten Präsidenten, Friedel.«

»Ganz sicher nicht, lieber Paul.«

Als der Doktor aber die Tür öffnete, erschraken die beiden Freunde. Auf dem Treppenabsatz saß zusammengekauert eine Frau. Ob es das Geräusch der sich öffnenden Tür gewesen war oder der Lichtstrahl, der plötzlich nach draußen fiel? Langsam richtete sich die Frau auf, und das Licht fiel auf ihr Gesicht. Pirkheimer war erschüttert. Es war Anne. Schüchtern wie ein junges Mädchen sah sie ihn an, fragend und bittend zugleich. Ohne eine Sekunde zu zögern, stürzte er auf sie zu, umarmte und küsste sie. Freund Guttenberg aber verabschiedete sich, ohne ein Wort zu sagen, und eilte davon.

»Komm,« sagte Paul und führte Anne ins Haus, ohne sie aus seinen Armen zu lassen. Dann schloss sich die Tür.

71. KAPITEL

Als Freund Guttenberg zu Hause ankam, bellte freudig sein Dackel, und er beschloss, trotz der späten Stunde noch seine gewohnte Runde zu drehen. Auch war es ihm ein Bedürfnis, seine Gedanken zu sortieren, und wo gelang das besser als auf seinem privaten Philosophenweg? Ringo stürmte voller Freude voran, die Kälte und der Schnee schienen ihm nichts auszumachen. So ging es aus dem Ort heraus, den schmalen Feldweg hinauf bis zu der Anhöhe, von der aus man in das gekrümmte Flusstal hineinsah, hoch auf dem gegenüberliegenden Ufer, vom Mondschein beschienen, Burg Falkeneck. Der Doktor dachte an die letzten Tage zurück. Auch nach der schrecklichen Geschichte mit dem armen Wiggerl hatte man zur Normalität zurückgefunden. Normalität war wichtig, sie allein machte das Weiterleben möglich. Nächsten Mittwoch würden sie wieder wie gewohnt im *Grünen Baum* sitzen, zur Abendzeit, denn am nächsten Mittwoch stand die Adventsfeier des Klubs an. Alle würden ihre besten Anzüge tragen, um die Feierlichkeit der Stunde zu unterstreichen, richtig glänzen aber würden die Damen in ihrer festlichen Robe. Einzig Hiltrud Thürauf würde fehlen, es würde wohl eine Weile dauern, bis Gras über die Sache gewachsen war. Wie aber freute sich Freund Guttenberg darauf, an der Seite von Freund Pirkheimer endlich wieder seine Anne sitzen zu sehen. Was für ein Jahr lag hinter dem Präsidenten, und nun der glückliche Ausgang. Wem war es mehr zu gönnen als Paul? Immer hatte er Haltung bewahrt, hatte versucht, sich nichts anmerken zu lassen und dem Schicksal zu trotzen. Um die Adventsansprache allerdings beneidete Freund Guttenberg den Präsidenten nicht, denn beim traditionellen Jahresrückblick wurde immer auch der verstorbenen Freunde gedacht. Da würde manche Träne fließen.

Bei Ringo floss etwas anderes. Erneut versuchte Guttenberg mit energischen Fußtritten, die Spuren zu verwischen, der Schnee aber war festgefroren, sodass er sich schwertat. Endlich war wieder alles einigermaßen weiß unter dem Feldkreuz, und der Doktor setzte seinen Spaziergang fort. Wie viel war doch unbeständig auf dieser Welt, das Leben ein stets vom Tod bedrohtes, die Liebe ein wunderbares und doch so unverlässliches Ding. Was aber blieb, was auch die stürmischsten Zeiten überstand, das war die Freundschaft. Die Freundschaft war vielleicht das stärkste Band zwischen den

Menschen, und wenn sie nicht das stärkste war, so war sie doch das dauerhafteste. Bevor der Weg wieder ins Tal hinab führte, blickte Freund Guttenberg auf Mausgesees hinab, auf die Häuser, in denen die Freunde wohnten. Wie froh und dankbar war er, dass es sie alle gab: Freund Göllner, auch wenn er manchmal nervte, Freund Thürauf, selbst wenn er sich sein Latein nicht verkneifen konnte, Freund van der Brink, den er hoffentlich bald von seinem Bandwurm befreien konnte, Freund Hufschnabel und natürlich und an erster Stelle Freund Pirkheimer. Sie alle waren Freunde, Freunde fürs Leben.

Der Doktor blieb noch kurz auf der Anhöhe stehen, dann zog Ringo an der Leine, und er schritt ins Tal hinab. Die Mühle, sie drehte sich nicht mehr, hinter einem Fenster aber glaubte Freund Guttenberg, einen schwachen Lichtschein wahrzunehmen. Ob Freund Knüllwald wieder zurückgekehrt war? Und was wohl aus ihm würde? Jetzt, wo Anne ihn verlassen hatte? Ob er sich zum nächsten Meeting traute? Freund Guttenberg beschloss, sich darüber keine Gedanken zu machen. Über solche Fragen soll die Zeit entscheiden. »Los Ringo, ab nach Hause«, sagte er, dann gingen sie über die Brücke.

ENDE

Jetzt, wo der Fall gelöst ist, fragen Sie sich zu Recht, lieber Leser, was denn nun eigentlich mit diesem Wiggerl passiert ist, von dem so oft die Rede war, dem rotarischen Freund aus Mausgesees, dem viele Jahre zuvor so schreckliche Dinge widerfahren sind, dem ursprünglichen Herrchen von Dackel Ringo. Wir wollen Sie nicht auf die Folter spannen, hier kommt sie, die Geschichte von Ludwig Papenstiel, erzählt von ihm selbst.

DIE SACHE MIT WIGGERL

Das wünscht man seinem schlimmsten Feind nicht! Glauben Sie mir, es ist ein Albtraum. Als ich erwachte, wusste ich gleich, dass etwas nicht stimmt. Mein Blick fiel auf eine Zimmerdecke, die ich nie zuvor gesehen hatte. Gleißend helle Lampen von einer Wand zur anderen, über meinem Kopf ein Metallarm, an dessen abknickenden Ende ein dreieckiger Griff baumelt, blinkende Anzeigen an seltsamen Geräten. Was ich sonst noch erkennen kann, ist der Ständer neben meinem Bett. An ihm hängen zwei Flaschen, aus denen es unablässig tröpfelt. Kein Zweifel, ich bin in einem Krankenhaus gelandet. Aber warum? Was fehlt mir? Das Letzte, woran ich mich erinnere, ist mein Hund Ringo, mit dem ich nach dem Frühstück Gassi gegangen bin. Bis zur Ecke vom Meisenweg muss ich noch gekommen sein, dann hört meine Erinnerung auf. Filmriss.

Ich will den Griff packen, um mich hochzuziehen, aber meine rechte Hand gehorcht mir nicht mehr. Also will ich es mit der Linken versuchen, vergebens, nicht mal den kleinsten Finger kann ich rühren. Mit den Beinen das Gleiche, sie liegen schlaff da, als gehörten sie nicht zu mir. Auch mein Kopf will mir nicht mehr gehorchen, ich kann ihn keinen Millimeter zur Seite drehen, und selbst meine Augen lassen sich nicht befehlen. Ich kann sie nicht mehr schließen, geschweige denn zur Seite blicken. Rien ne va plus – nichts geht mehr! Ich bin vollkommen gelähmt.

Die Zimmertür wird geöffnet, ich höre das Geräusch und spüre einen leichten Luftzug. Schritte nähern sich, das Gesicht einer Krankenschwester taucht über mir auf. Ein gutes Gesicht, ein junges Gesicht. Freundliche Augen, rehbraun, besorgt, aber nicht überbesorgt. An ihrem Kittel ein Schild: »Schwester Katja«. Katja sieht mich kurz, aber liebevoll an, dann macht sie sich an den Infusionsflaschen zu schaffen. »Schwester, was ist mit mir?«, will ich fragen, doch ich bekomme nicht das kleinste Wörtchen heraus, ich will flüstern, zumindest die Lippen bewegen. Fehlanzeige. Nicht mal das kleinste Räuspern gelingt mir. Ein Gerät fängt an zu piepen, die Schwester verschwindet aus meinem Blickfeld, schnell hört das Piepen wieder auf. Verdammt, was ist passiert? Heute Morgen bin ich noch der gesündeste Mensch der Welt gewesen, 70 Jahre, aber immer noch munter wie ein Eichhörnchen. Ein Schlaganfall!, fährt es mir durch den Kopf. Bestimmt habe ich einen Schlaganfall erlitten. So was kann einem aus heiterem Himmel heraus passieren. Die alte Frau Heinzelmann von schräg gegenüber, jeden Tag hat sie sich noch um ihren Garten gekümmert, die Blumen gegossen und das Unkraut gejätet. Und dann ist sie dagelegen, wie vom Blitz gefällt. Man hat sie noch mit Blaulicht in die Klinik gebracht, zu spät, nichts ist mehr zu retten gewesen. Mit Medizin kenne ich mich nicht aus, ich bin ein schlichter Elektroingenieur, aber das weiß ich, dass einen ein Schlaganfall aus dem Leben reißen kann. Es ist, als wenn man einen Stecker zieht, nichts rührt sich mehr. Obwohl, kommt es zu Lähmungen, sind diese nicht immer halbseitig? Und dass man die Sprache verliert, tragisch zwar, aber kann man nicht wenigstens flüstern? Oder kleine Handzeichen mit der weniger betroffenen Seite machen? Bei mir aber geht gar nichts mehr. Wenn das ein Schlaganfall gewesen ist, dann einer von der übelsten Sorte.

Wieder höre ich, wie die Tür aufgeht, vernehme eine leise Stimme, die mir bekannt vorkommt, und höre die Schwester antworten: »Aber ja doch, kommen Sie doch bitte herein, Frau Papenstiel! Sie dürfen Ihren Mann gerne besuchen!« Agnes! Das ist Agnes, meine Frau! Gott im Himmel! Wieder höre ich die Schwester sprechen, eine gute Stimme, sanft wie ihre Rehaugen: »Ich lasse Sie jetzt allein. Sprechen Sie ruhig mit ihm, auch wenn er Sie nicht verstehen kann, halten Sie seine Hände, seien Sie einfach bei ihm.«

»Auch wenn er Sie nicht verstehen kann?« Was soll das heißen? Wer hat denn diesen Schwachsinn erzählt? Ich verstehe alles noch sehr gut! Wo bin ich hier nur gelandet, ist das nicht die Universitätsklinik? Was ist das für eine hinterwäldlerische Medizin, wo man solche Fehldiagnosen stellt! Ich höre so präzise wie immer. Selbst das Zwitschern der Spatzen draußen vor dem Fenster entgeht mir nicht. Zum Glück funktionierten wenigstens meine Ohren!

Oh, was für ein schrecklicher Fehler ist es gewesen, sich darüber zu freuen! Was wäre mir alles erspart geblieben, wenn auch meine Ohren ihren Dienst versagt hätten! Wenn schon hinüber, dann bitteschön ganz und gar!

Die Tür schließt sich, ich höre zaghafte Schritte, die sich langsam nähern. Ist das wirklich Agnes, meine Frau? So leise zu schleichen, passt ganz und gar nicht zu ihr. Agnes ist eine resolute Mittsechzigerin, und sie pflegt resolut aufzutreten, ja, ich wage sogar zu sagen, je älter sie wird, desto resoluter tritt sie auf. Nun hat sie mein Bett erreicht und beugt sich über mich. Ihre grauen Augen sind immer noch die einer jungen Frau, kalt, aber schön, ihr Gesicht ist gepflegt wie immer, ihre hohe Alabasterstirn faltenlos. Sie blickt mir direkt in die Augen, interessiert, fast prüfend. Ich gebe mir alle erdenkliche Mühe, so viel Ausdruck wie möglich in meinen Blick zu legen.

Ich bin noch nicht hinüber, ich bin im Vollbesitz meiner geistigen Kräfte! Niemand kennt mich doch so gut wie du, Schatz, nach 40 gemeinsamen Ehejahren! Spürst du nicht, dass ich alles mitbekomme?

Doch nichts an ihrem Gesicht verändert sich, nichts verrät mir, dass sie meinen Zustand erkennt. Ich will blinzeln, will mit den Augen rollen, will irgendein Zeichen geben, vergebens! Sie schüttelt nur den Kopf, dann fängt es an, in ihren Augen feucht zu schimmern.

Mensch, Agnes, fang jetzt bitte nicht an zu weinen, das ist doch überhaupt nicht deine Art!

Ich werde ganz gerührt, ja fast sentimental, da beginnt sie leise zu sprechen: »O Gott, Wiggerl, das habe ich nicht gewollt! Wirklich nicht, Wiggerl, das musst du mir glauben, das hab ich wirklich nicht gewollt!« Darauf verschwindet ihr Kopf aus meinem Blickfeld. Ich höre ein Schluchzen, höre rasche Schritte, die sich entfernen. Dann fällt die Tür ins Schloss.

Entschuldigen Sie, ich hab mich ja noch gar nicht richtig vorgestellt, Ludwig-Anton Papenstiel mein Name, Ingenieur, aber ich glaube, das sagte bereits. Ich lebe seit über 40 Jahren in Erlangen, habe nach meinem Studium bei *Siemens* angefangen, bei der *KWU*, der Kraftwerksunion. Turbinen, Umspannwerke, Überlandleitungen, so ein Kram. Agnes, meine Frau, habe ich im E-Werk kennengelernt, bei einem Tanztee an einem frühlingshaften Sonntagnachmittag. Ein Jahr später haben wir geheiratet. Kinder hat uns die Natur (Agnes würde von Gott sprechen) nicht geschenkt. In den ersten Jahren haben wir in Mausgesees gewohnt, nette Ortschaft mit günstigen Baupreisen, damals jedenfalls noch. Ein Haus im Landhausstil ist immer schon mein Traum gewesen. Der nette Hausarzt, Freund Guttenberg, hatte mich bei den Rotariern eingeführt, und bald schon sind wir fester Teil der Dorfgemeinschaft gewesen. So hätte es, wenn es nach mir gegangen wäre, auch bleiben können. Als klar war, dass wir keine Kinder bekamen, wollte Agnes aber näher an die Stadt, wegen der Kultur und solchen Sachen. Wie heißt es so schön: Der Klügere gibt nach. Also haben wir unser schönes Haus in Mausgesees gegen ein kleines Siedlungshaus am Regnitzgrund vertauscht, auch nicht schlecht, schöne Ostlage mit Blick ins Grüne. Ich hab immer gut verdient, Agnes hätte nicht arbeiten müssen, sie wollte aber, und so hab ich sie gelassen. Sie war lange beim *Gundel* tätig, einem Haushaltswarengeschäft neben dem Bahnhof, in der Porzellanabteilung. Hat ihr Spaß gemacht, die Damen zu beraten. Jeder kannte sie, sie war eine Erlanger Institution. Als der *Gundel* zugemacht hat, hat sie aufgehört zu arbeiten. Wir haben einen kleinen, aber guten Freundeskreis und Ringo, unseren Dackel. Ich habe ihn Ringo genannt, weil ich ein alter *Beatles*-Fan bin, und Ringo war mir von den Pilzköpfen der liebste. Er war so wunderbar er selbst, authentisch, würde man das heute wohl nennen. Außerdem war er witzig. Agnes und ich genießen unsere Rente, fahren jeden Winter nach Ruhpolding zum Langlaufen und im Sommer in den Bayerischen Wald. Es fehlt uns an nichts. Und jetzt das!

Nachdem die Tür zugefallen ist, hab ich ein Weilchen gebraucht, mich neu zu sortieren. Wie hat Agnes das gemeint? Das mit dem »das habe ich nicht gewollt«? Was soll der Blödsinn heißen? Wahrscheinlich ist sie einfach nur geschockt gewesen, hat irgendein unverständliches Zeug vor sich hingesagt. Warum soll sie Schuld an meinem Zustand tragen? Das ist doch absurd. Gut, wir sind nicht mehr in den Flitterwochen, aber eine schlechte Ehe sieht doch anders aus. Wir respektieren uns, auch wenn wir uns mal wegen der Raumtemperatur streiten. Oder wegen meiner angeblichen Schnarcherei. Aber das sind lächerliche Kleinigkeiten, das gibt es doch überall. Und nun fängt sie an zu grübeln und fühlt sich schuldig an meinem Zustand. Dabei weiß man doch genau, dass ein Schlaganfall jeden treffen kann. Oder meint sie, dass ich mich in der Früh zu sehr aufgeregt habe, weil sie mir zum wiederholten Male aufgetragen hat, den Gehsteig zu fegen? Ich mag solche Aufträge nicht, zugegeben, und auch heute Morgen hat mich der Hinweis nicht amüsiert. Aber deswegen hat mich doch nicht der Schlag getroffen! Das ist doch lächerlich!

Mein Gott, Agnes, schlimm genug, dass ich hier liege. Fang jetzt bitte nicht an, dir einen Kopf zu machen, hörst du. Das alles ist auch für dich nicht leicht, das weiß ich doch, du musst jetzt stark bleiben!

Bin ich eingenickt? Plötzlich höre ich lautes Stimmengewirr, das Zimmer scheint sich zu füllen. Die Visite! Endlich! Endlich erfahre ich etwas über meinen Zustand. Bestimmt ist man jetzt weiter in der Diagnostik, sicherlich hat man endlich herausgefunden, was mit mir ist und dass ich alles mitbekomme.

Das Gemurmel verstummt, eine sonore Stimme ertönt, eine Stimme voller Autorität und Gewissheit. Das muss der Chefarzt sein.

»Der Patient liegt seit heute Morgen im Koma. Wir können alles offen hier im Zimmer diskutieren, Kolleginnen und Kollegen, der Mann bekommt nichts mehr mit.«

Das ist der Hammer! Mann, wenn selbst der Chefarzt keine Ahnung hat! Mich bringt so leicht nichts aus der Fassung, ich hab auf der ganzen Welt die unmöglichsten Dinge erlebt, die kritischsten Situationen, aber dieser Satz macht mich fertig.

Hallo! Ich höre euch alle sehr gut! Schaut gefälligst mal auf eure Bildschirme! Wozu blinkt denn da oben alles, was sollen all die Ziffern und Kurven, wenn ihr nicht mitbekommt, was in mir vorgeht?

»Schwerer Apoplex in Balkennähe rechts«, höre ich den Professor sagen, »ausgeprägtes Blutungsareal. Beidseitige vollständige Lähmung. Auch die Hirnnerven sind betroffen. Nur noch die Stammhirnfunktionen sind erhalten, die Atmung, das Herz natürlich, das ja autonom innerviert wird. Liebe Kollegin, wie schätzen Sie die Chancen ein, dass der Patient wieder aus dem Koma erwacht?«

»Äh, also … vermutlich gering.«

»Vermutlich gleich null, liebe Kollegin.«

Vermutlich gleich null! Wumms! Das hat gesessen. Man gibt mich auf. Nun erst begreife ich vollends den Ernst der Situation. Ich bin hinüber! Man gibt mir keine Chance mehr. Hirnblutung, ausgeprägtes Areal. Nicht nur ein kleiner Defekt, ein Nebenschaltkreis: Die Hauptsicherung ist durchgebrannt! Ich spüre, wie mir schwindelig wird. Nur nicht in Panik verfallen, ganz ruhig bleiben, das Ganze rational angehen. Ich versuche, mich zur Ruhe zu zwingen, wie damals in Kolumbien, als wir das Umspannwerk reparieren wollten und uns die Bande Buschkrieger mit ihren Messern überfallen hat. Was hätte es geholfen, sich aufzuregen? Man muss in solchen Situationen einen kühlen Kopf bewahren. Immerhin funktioniert mein Denkkasten noch.

Begreift ihr das nicht? Ich kriege alles mit! Hey, ihr Doktors! Gebt euch gefälligst mehr Mühe! Ich lebe noch und hab noch lange nicht vor, mich aufzugeben! Ich hab immer meine Siemenskrankenkassen-*Beiträge bezahlt, mein Leben lang, ich hab Anspruch auf eine anständige Behandlung, hört ihr mich?*

Draußen sind sie wieder. Ich bin allein. Saublöd, das Ganze. Und doch, ich werde nicht in Depressionen fallen. Ich neige nicht zu Depressionen. Ich hab immer alles wieder geregelt gekriegt, auch damals in Kolumbien. Hab brav mein Portemonnaie und meine Uhr rausgerückt und auch Uli und Bernd dazu gebracht, die versteinert neben mir gestanden hatten. Mit der Beute sind die Buschkrieger zufrieden gewesen und wieder abgezogen, kein Härchen haben sie uns gekrümmt.

Ich muss meine Situation ganz nüchtern betrachten. Was sind die Fakten? Ich habe eine Blutung erlitten, gut, oder vielmehr schlecht, irgendwo im Gehirn in der Nähe eines Balkens. Wusste bislang nicht, dass man einen Balken im Gehirn hat. Wofür soll der gut sein? Dass die Gedanken balancieren können?

Gut so, man muss über sich selbst Witze machen, das hilft. Also, eine Blutung ist die Ursache für den Teilausfall meiner Steuerzentrale. Ich spüre, wie mir das Wort »Teilausfall« guttut. Und ist eine Blutung wirklich so schlimm? Wie oft hab ich schon geblutet! Zuletzt, als ich mir beim Häckseln im Garten den halben Daumen abgesäbelt habe. Hat ein paar Wochen gedauert, dann hat der Daumen wieder funktioniert. Ohne OP! Hab mir einfach ein Tuch drum gewickelt, ist ganz von allein wieder geworden. Warum soll nicht auch mein Hirn wieder werden? Jetzt im Moment schwappt da oben 'ne Menge Blut herum, klar, dass es da zu Kurzschlüssen kommt. Wie bei meinem Handy, als es ins Klo gefallen ist. Ich hab's in Reis gesteckt, drei Tage später hatte ich wieder den besten Empfang. Man muss

Geduld haben, heißt Patient nicht »der Geduldige«? Na also. Wird schon wern, sagt Frau Zwern …

Diese Stimme! Das ist Erwin! Ich werd' nich mehr! Erwin Hirschbein, mein bester Freund! Das gibt's doch nicht! Klar, natürlich wusste ich, dass er als Oberarzt an der Uni-Klinik tätig ist, aber Oberärzte gibt es in Erlangen wie Sand am Meer. Dass er hier im Haus tätig ist, auf der Intensivstation, was für ein glücklicher Zufall! Ein Stein fällt mir vom Herzen, jetzt wird alles gut! Wir kennen uns seit Ewigkeiten, wir spielen jeden Samstag Tennis zusammen, im Tennisverein habe ich ihn auch kennengelernt. Auch unsere Frauen sind befreundet gewesen, ich sag gewesen, weil Brigitte vor zwei Jahren plötzlich verstorben ist, traurige Sache. Mensch, so was! Das kann kein Zufall sein, das hat das Schicksal so gewollt. Erwin ist etwas jünger als ich, steht kurz vor der Rente. Er gehört zu der Riege altgedienter Oberärzte an der Uni-Klinik. Aber dass er mal mein Oberarzt sein wird, damit hätte ich nie gerechnet. Warum ist Erwin nicht bei der Visite dabei gewesen, warum kommt er erst jetzt? Mensch, wie blöd ich bin, jetzt fällt's mir wieder ein. Er hat doch ein paar Tage frei gehabt, wollte zu einem Klassentreffen nach Buxtehude, hat er mir doch beim Tennis letzten Samstag erzählt. Ich höre ihn mit der Schwester sprechen, mit Katja, ich liebe ihre Stimme. Er erkundigt sich nach mir und meinem Befinden, empathisch, aber professionell.

Mensch, Erwin! Komm, lass dich sehen, nimm mich in den Arm!

Aber klar, hier ist er Oberarzt, hier darf er sich nicht gehen lassen, verstehe ich doch. Was er zu Katja sagt, rührt mich zutiefst.

»Hören Sie, Schwester Katja, Ludwig Papenstiel ist mein bester Freund. Wenn sich irgendetwas an seinem Zustand verändert, möchte ich, dass ich es als Allererster erfahre, verstehen Sie? Noch vor jedem anderen!«

»Selbstverständlich, Herr Oberarzt.«

Darauf verabschiedet sie sich und verlässt das Zimmer. Nun bin ich mit Erwin allein.

Wie das ist! Sich in einem solchen Zustand zu befinden, hilflos, wie ein Käfer, der auf den Rücken gefallen ist, und dann beugt sich der beste Freund über einen! Ich könnte heulen vor Glück, als Erwins Gesicht über mir auftaucht, sein rundes, über die Jahre etwas teigig gewordenes Gesicht. Er mustert mich lange, dann sagt er: »Mann, Mann, Mann …« und gibt mir einen Klapps gegen die Backe. Es tut etwas weh, aber so begrüßen sich Männer nun mal. Bloß keine Emotionen zeigen, so ist das bei uns. Es gelingt ihm wirklich gut, seinen Schmerz zu verbergen. Nun zieht er eine Art Kugelschreiber aus seiner Brusttasche, klickt, und leuchtet mir ins rechte Auge. Verdammt, wie das blendet. Gleich darauf wiederholt er die Quälerei mit meinem linken Auge. Er meint das nicht so, er will sehen, wie er mir helfen kann. Endlich untersucht mich mal jemand gründlich. Und das tut er! Als Nächstes zieht er seinen Reflexhammer hervor, haut auf meinen Knien herum, auf meinen Fersen, auf den Ellenbogen.

Au! Mensch, Erwin, jetzt reicht's auch wieder. Komm, sag mir lieber was Nettes. Dass ich wieder auf die Beine komme, dass wir das schon schaffen. Irgend sowas eben.

Endlich taucht sein Gesicht wieder über mir auf. Er macht ein Pokerface. Was nun passiert, ist unbegreiflich. Plötzlich ballte er seine Faust, holt aus und lässt sie auf mein rechtes Auge sausen. Stelle sich einer meinen Schrecken vor! Erst im letzten Moment stoppt er den Schlag und sieht mich prüfend an. Uff!

Erwin, Erwin, was machst du da für Sachen. Aber klar, du willst meine Reflexe testen. Das gehört zu deinem Job, das machst du nicht wirklich gerne, nicht bei mir, deinem besten Freund.

Die Untersuchung scheint beendet. Erwin zieht sein Handy hervor und tritt zur Seite. Ich sehe ihn nur noch schemenhaft. Bestimmt ruft er jetzt seinen Chefarzt an, erklärt ihm, was mit mir ist, dass noch Hoffnung besteht und dass alles Menschenmögliche für mich getan werden muss. Doch nein, schöner noch, es ist gar nicht der Chefarzt, den er anruft! Es ist Agnes! Nun bin ich wirklich gerührt.

»Agnes? ... Ja, ich bin's Erwin ... Nein, ich bin bei ihm, es gibt nichts Neues, alles gut soweit ... Nein, ich bin die ganze Nacht im Dienst ... Ob du vorbeikommen kannst? Aber natürlich! ... Tschüss, mein Mäuschen, bis später!«

Erwin? Ich glaub, ich hör nicht richtig! Mein Mäuschen? Agnes ist eine gute Freundin von dir, keine Frage. Aber dein Mäuschen? Was sollte jetzt das?

Ich bin kein emotionaler Mensch, ich bin Techniker, aber nun beginnt selbst in meinem Kopf, einiges durcheinanderzuwirbeln. Bei jedem anderen würde man wohl von einem Wechselbad der Gefühle sprechen, soweit würde ich in meinem Fall nicht gehen, aber es geht schon in diese Richtung. Ich versuche, mir das Telefonat noch mal Wort für Wort in Erinnerung zu rufen. Anfangs hätte ich jubeln können! »Alles gut soweit!« Ich bin mir ganz sicher, das hat er gesagt. »Alles gut soweit!« Das ist das Ergebnis seiner Untersuchungen. Meine Reflexe müssen klasse gewesen sein. Sehr beruhigend. Natürlich wäre es noch schöner, er hätte auf das »soweit« verzichtet. Das Wörtchen »soweit« relativiert die positive Aussage ein wenig. »Alles gut«, hätte völlig gereicht. Aber ich will nicht anfangen zu nörgeln. »Alles gut, soweit« ist doch ein schönes Hoffnungszeichen. Eigentlich kann ich ganz zufrieden sein, wenn nicht das Mäuschen gewesen wäre. Ich bin mir sicher, dass er Mäuschen gesagt hat. Wie kommt er nur dazu? So hat er Agnes noch nie angeredet, sonst hätte er es mit mir zu tun bekommen. Oder sagt er das zu allen Frauen seiner Patienten? Gehört das zum Standardrepertoire, um beunruhigte Gattinnen von Schlaganfallpatienten zu trösten? Seltsam, äußerst seltsam.

Es ist Nacht geworden, endlich hat man die Deckenlampen ausgeschaltet. Richtig dunkel aber wird es wohl nie auf einer Intensivstation, überall blinkt und flackert etwas, ständig geht die Tür auf, und jemand kommt herein, um sich an einem zu schaffen zu machen. Leider sind nicht alle Schwestern so sympathisch wie

Katja. Schwester Trude ist ein alter Drachen, der mir auf unglaublich rüde Art den Hintern putzt. Kann ich doch nichts dafür, dass ich nicht aufs Klo gehen kann. Auch die Bettpfanne kann ich leider nicht benutzen, ich würde ein Königreich dafür geben, wenn ich's könnte, glauben Sie mir, Schwester Trude! Hoffentlich ist morgen früh wieder Katja im Dienst. Katja ist mein Engel.

Und Ringo vermisse ich, meinen Dackel. Man sagt, Dackel seien dumme Hunde, weil sie nicht gehorchen. Ich sage Ihnen, es ist genau andersherum. Dass sie nicht gehorchen, ist ein Zeichen von Klugheit. Nur Sklaven tun, was man ihnen befiehlt. Doch trotz seines Freiheitssinns liebt mich Ringo abgöttisch. Oder sollte ich sagen, wegen seines Freiheitssinnes? Nur ein freier Geist ist zur Liebe fähig. Alles andere ist doch nichts als Affenliebe. Wenn Ringo bei mir wäre, würde er mir liebevoll das Gesicht lecken, davon bin ich überzeugt. Er würde spüren, dass ich lebe, dass ich denke und fühle. Ein Tier hat mehr Sinn für so etwas als die gesamte moderne Medizin.

Ich will versuchen, so viel wie möglich zu schlafen. Schlaf ist die beste Medizin, sagt man. Bloß ist das mit dem Schlafen nicht ganz so einfach, wenn man den ganzen Tag im Bett liegt. Ständig döst man wieder ein. Richtig müde wird man nicht, aber auch nicht richtig wach. Hellwach aber werde ich, als ich plötzlich vertraute Stimmen höre. Agnes! Agnes und Erwin, die beiden Menschen, die mir am nächsten stehen!

Agnes, komm, beug dich über mich, sag mir was Liebes, gib mir einen Kuss!

Und tatsächlich, plötzlich taucht Agnes' Gesicht über mir auf. Es liegt im Dunkeln, sodass ich es nur als Schattenriss wahrnehmen kann. Aber auch der Schattenriss ist schön. Wie schlank ihr Hals noch ist, wie musikalisch ihr Hinterkopf!

Komm, sag etwas, sag, wie lieb du mich hast! Dass du mich bald wieder nach Hause holst, in unser hübsches Daheim im Nachtigallenweg, wo bald die Rosen anfangen zu blühen.

Doch Agnes bleibt stumm. Ihr Kopf verschwindet wieder. Bestimmt bringt sie vor Rührung keinen Ton heraus, jetzt, wo wieder Hoffnung besteht. Erwin wird ihr noch mal bestätigt haben, dass alles gut wird. Wenn das blöde Blut in meinem Hirn getrocknet sein wird, wenn die Leitungen wieder funktionieren, wenn das Leben in meine Glieder zurückkehrt. Wie werden wir dann meine Heimkehr feiern!

»Wie lange kann es dauern, bis er gestorben ist, also richtig gestorben?«

Wie bitte? Was sagst du denn da, mein Kleines?

»Schwer zu sagen. Meist geht es ruckzuck innerhalb weniger Tage.«

»Und wenn nicht?«

»Selten dauert es Wochen …«

»Oder Jahre? So wie bei Michael Schumacher?«

Moment, Moment, Moment! Da läuft etwas schief, ich glaub, ich bin im falschen Film! Was redet ihr denn da?

»Aber du hast mir doch fest versprochen, dass es funktionieren wird! Du hast mir versprochen, dass er stirbt, nicht aber, dass er ins Koma fällt!«

»Agnes, Mäuschen, er wird bald hinüber sein, ganz bestimmt. Komm, küss mich!«

Könnte ich mir doch die Hände auf die Ohren pressen! Könnte ich mich doch auf den Mond beamen! Oder besser noch: Könnte ich diesem Schwein eins auf die Schnauze geben! Dieser Hund, dieser Sausack! Knutscht mit meiner Frau rum, an meinem Krankenbett. Ich will's nicht hören, aber ich muss es! Dieses Schmatzen, dieses Atmen, dieses beredte Schweigen, das kein Ende nehmen will. Ich starre auf den Biegungspunkt des Bettarms, in dem sich das Zimmer verzerrt spiegelt. Klein zwar, sehr klein, aber doch deutlich erkennbar sehe ich die beiden, die Gesichter eng aneinandergeschmiegt. Jetzt fährt sie ihm noch mit der Hand durch die Haare, durch seine schmierigen, ewig fettigen Haare! Ohnmächtiger Zorn steigt in mir auf. Wie lange geht das schon? Sie haben mich hintergangen, die beiden! Ich bin so blöd gewesen!

Endlich, nach einer gefühlten Ewigkeit, lösen sie sich wieder voneinander, und ich höre Agnes flüstern.

»Wie konnte das nur passieren?«

»Eigentlich ist alles nach Plan gelaufen, Mäuschen. Du hast doch seinen Blutdrucksenker weggelassen?«

»Natürlich habe ich das! Und ihm stattdessen das andere Mittel gegeben.«

»Das seinen Blutdruck hinaufgejagt hat. Darauf ist sein Aneurysma geplatzt, ganz, wie geplant.«

»Aber warum lebt er dann noch?«

»Er ist ein harter Hund. Aber das hilft ihm nun auch nichts mehr. Und wenn alle Stricke reißen …«

»Pscht! Das darfst du nicht denken!«

Wahnsinn! Aber immerhin weiß ich jetzt Bescheid. Nicht allein, dass die beiden mich betrügen, sie haben versucht, mich umzubringen. Ich bin ihnen im Wege gewesen, sie wollten mich loswerden. Auf eine ganz perfide Tour! Hätte ich Erwin doch nichts von meinem Hirnaneurysma erzählt! Als junger Mensch hat man es bei mir entdeckt, ganz zufällig, bei einer Röntgenaufnahme nach einem Sportunfall. Hatte es längst wieder verdrängt. So was sei ein Zufallsbefund, den es häufig gebe, damit könne man uralt werden, hat der Arzt damals gemeint. Wichtig sei allein, meinen Blutdruck zu kontrollieren. Er ist gelegentlich etwas hoch, mit den Tabletten aber halte ich ihn zuverlässig unter 140. Damit sei ich auf der sicheren Seite, meinte Freund Guttenberg, mein Hausarzt und rotarischer Freund aus Mausgesees. Wären wir doch nur in Mausgesees geblieben! Dann hätte ich Erwin nie kennengelernt und ihm nichts von dem Aneurysma erzählt. Und nun hat der Kerl genau diese Schwäche ausgenutzt. Wie Hagen, der von Siegfrieds verletzlicher Stelle neben dem Schulterblatt wusste, an der beim Bad im Drachenblut ein Lindenblatt den Schutz verhindert hatte, so hat auch Erwin zum tödlichen Stoß angesetzt. Heimtückisch, hinterhältig und feige. Und hat Agnes die Tablette gegeben, um meinen Blutdruck in die Höhe zu jagen, statt ihn zu senken. Das hat das Aneurysma nicht ausgalten. Die Gefäßwände sind zu dünn, da ist es geplatzt, und das Blut hat sich in mein Hirn ergossen. Damit wäre er mich los, ich würde seinem Glück mit Agnes, meiner Agnes, nicht mehr im Wege stehen. Was für ein perfider Plan! Der aber nicht ganz aufgegangen ist. Ich lebe noch, meine Lieben, ihr seid mich noch nicht los!

Schwester Trude ist schlimm, schlimmer aber noch die Fliege. Ich sehe sie genau, sie lauert oben in der Zimmerecke. Kaum bin ich allein, schwirrt sie herbei und setzt sich auf meine Nase. Es kitzelt grausam, aber ich kann nichts tun, ich bin vollkommen hilflos. Ich kann sie nur mit giftigen Flüchen beschimpfen, was sie aber nicht zu beeindrucken scheint. Ihr gefällt's auf meiner Nasenspitze, warum auch immer. Sie krabbelt lustig darauf herum, mal hierhin, mal dorthin, manchmal im Kreis oder in einer Schleife. Manchmal wühlt sie auch mit ihrem Rüssel in meiner Haut, dann gibt es einen hässlichen spitzen Schmerz.

Hau ab, du Mistvieh! Verzieh dich! Ich bin kein Fliegenlandeplatz. Mach dich vom Acker, du mieses Insekt!

Kann man sich so täuschen? In seiner Frau, in seinem besten Freund? Ich zermartere mir den Kopf. Seit wann geht das so? Seit wann betrügen sie mich? Ich komme zu keinem Ergebnis. Ein paar Dinge aber sehe ich nun in neuem Licht. Einmal hat eine fremde Unterhose in meiner Schublade gelegen, ein hässliches blauweiß gestreiftes Exemplar, ich hab mir nichts weiter dabei gedacht. Einmal bin ich von einer Weihnachtsfeier früher nach Hause, weil mir schlecht geworden ist. Als ich zur Haustür reinkam, ist Agnes im Bademantel auf mich zugestürzt, sie habe Erwin gerufen, weil sie so ein reißendes Kopfweh verspürt habe, jetzt sei alles wieder in Ordnung. Ich hab mich herzlich bei Erwin bedankt, der kurz darauf die Treppe herunterkam, ich Idiot, und hab ihn noch zu einer Flasche Wein eingeladen!

Ob sie an den Dienstagabenden, an denen sie zum Yoga-Kurs ist, tatsächlich Yoga gemacht hat? Oder ob sie heimlich zu Erwin ist? Sie hat sich damals, als Brigitte, seine Frau, überraschend verstorben ist, sehr um ihn gekümmert, wozu ich sie ermuntert habe. Schließlich stand Erwin plötzlich ganz allein da. Sie hatten keine Kinder, genau wie wir. Ob nach dem Tod von Brigitte alles angefangen hat? Ich neige nicht zum Selbstmitleid, nun aber beginne ich mich mit grausamen Bildern zu quälen. Ob sie, wenn ich sie geküsst habe, nur an ihn gedacht hat? Ob er die Freundschaft mit mir nur aufrechterhalten hat, um weiter in ihrer Nähe sein zu können? Ob das alles nur noch schnöde Fassade gewesen ist, um hinter meinem Rücken ein Doppelleben zu führen? Solche Bilder steigen in mir auf, Fieberbilder, schreckliche Bilder. Ich sehe Agnes und Erwin, sehe sie in allen möglichen delikaten Situationen, sehe sie sich küssen und herzen, wie zwei jung Verliebte, sehe Agnes eine Frühlingswiese entlanglaufen, Erwin hinter ihr her, sehe, wie Agnes sich Kleidungsstück für Kleidungsstück vom Leib reißt, höre ihr Lachen, sehe sie nackt in die Wiese fallen, sehe, wie Erwin, die Bestie, sich auf sie stürzt … oh, oh, oh!

Irgendwann muss ich dennoch eingeschlafen sein. Als ich wieder erwache, ist mir, als schwebe ein Engel durchs Zimmer. Alles ist hell und klar. Ich höre eine liebliche Stimme, leise summt sie eine sanfte Melodie. Es ist Katja. Sie fängt an, mich zu waschen, was

mir ein bisschen peinlich ist, mich zugleich aber freut.
Immer achtet sie darauf, dass die Temperatur stimmt, nie
schrubbt sie mich roh und rücksichtslos, so wie Trude,
die Hexe, alles macht sie mit Liebe und mit Sorgfalt.
Nachdem sie mir Brust, Bauch und Rücken gewaschen
hat, wäscht sie mir mit gleicher Unbefangenheit meine
edelsten Teile, dann arbeitet sie sich meine Beine hinab,
wäscht mir als Letztes meine Füße. Wie sie aber meinen
rechten Fuß wieder trocknen will, passiert etwas, das
ich zunächst gar nicht wirklich realisiere. Mein rechter großer Zeh! Hab ich ihn bewegt? Das gibt's doch
nicht! Ich konzentriere mich ganz auf ihn, Tatsächlich!
Ich täusche mich nicht! Es ist nicht viel, nicht mal ein
Zentimeter vielleicht, aber ganz sicher! Ich kann ihn ein
wenig durchdrücken! Ich könnte jubeln vor Freude!

*Katja! Du bist mein Engel! Das ist nur wegen dir!
Spürst du, was du geschafft hast? Siehst du, was ich
kann? Das Leben, es kehrt zurück! Schau auf meinen
Zeh, sieh, was ich damit machen kann!*

Doch leider hat sie's nicht gemerkt, weil sie mit der
Pflege weitermachen muss. Jetzt verteilt sie Schaum über
meinem Kinn und beginnt, mich zu rasieren. Wie zärt-
lich sie das macht! Ganz dicht ist ihr Gesicht nun über
dem meinen, ein zarter Duft von Jasmin umfängt mich,
wie schön das ist! Doch schöner noch ist das Gefühl
unten an meinem Bettende. Ich spüre, wie ich mit meiner Zehe die Bettdecke entlangkratzen kann. Sehr langsam nur und mühsam, aber es geht, kein Zweifel, es geht!

*Katja, ach, ich dank dir so, das hast allein du voll-
bracht, ganz sicher, du mein Engel, mein einziger. Ich*

werde trainieren, oh, wie ich trainieren werde! Und
wenn du morgen wiederkommst und mich wäschst, wirst
du spüren, was ich kann!

So ein Tag, so wunderschön wie heute! Ich könnte
die ganze Welt umarmen. Nicht nur wegen des Zehs.
Ich hab neuen Mut geschöpft. Und ich hab einen Plan.
Ich brauche immer einen Plan. Wenn ich einen Plan hab,
geht's mir besser. Auch im Beruf ist mir das immer so
gegangen. Wie damals in Kolumbien. Sollten eine Turbine installieren, Terminarbeit. Würden wir sie nicht
pünktlich bis Mitternacht in Betrieb nehmen, war eine
saftige Vertragsstrafe fällig, *Siemens* hätte keinen Cent
verdient, sondern im Gegenteil noch draufzahlen müssen, damit stand die Zukunft unserer ganzen Abteilung
auf dem Spiel. Alles war pünktlich fertig, wir warteten nur auf eine wichtige Spezialschraube. Das dumme
Ding war auch rechtzeitig nach Kolumbien geschickt
worden, nun aber lag es beim Zoll, und der grinsende
zahnlose Zollbeamte wollte es nur gegen eine hor-
rende Summe rausrücken. Meine Kollegen, die genauso
empört waren wie ich, wollten die nächste Polizeistation
oder unsere Botschaft anrufen, ich hatte große Mühe, sie
davon abzuhalten. Ich hatte nämlich auf der Zollstation
den Karton erkannt, in dem die Schraube sein musste.
Abends bin ich durch eine Nebentür eingestiegen, hab
mir den Karton geschnappt, die Schraube rausgeholt
und durch eine andere, unwichtige, die wir noch übrig
hatten, ersetzt. Dann hab ich den Karton wieder hübsch
zugeklebt und bin zur Baustelle und hab das Schräubchen reingedreht. Eine Viertelstunde vor Mitternacht

surrte die Turbine wie ein zufriedenes Kätzchen. Auftrag erfüllt! Wenn ich einen Plan hab, ist alles in Butter.

Gegen 10 Uhr kommt die Visite. Auch Erwin ist dieses Mal dabei, ich erkenne seine Stimme sofort. Sorgsam hüte ich mich davor, meinen Zeh zu bewegen, obwohl ich das jetzt schon viel besser kann. Hab geübt wie ein Weltmeister. Erwin aber darf davon nichts mitbekommen, das wäre mein Todesurteil, da bin ich mir sicher. Es wäre ein Leichtes für ihn, mich über den Jordan zu schicken. Keiner würde auch nur den geringsten Verdacht schöpfen. Nicht mal Arsen oder Strychnin müsste er sich besorgen, in einer Klinik gibt es doch ein ganzes Arsenal an Medikamenten, mit denen man jemanden unauffällig beseitigen kann. Wie dieser Pfleger da in Norddeutschland, von dem ständig in der Zeitung stand. Über 100 Patienten hat er getötet, bis man ihm auf die Schliche kam. Auch das gehört zu meinem Plan, dass ich nur einen einweihen werde: Katja!

Wieder höre ich die Stimme des Chefarztes, der etwas von »Status idem«, sagt. Ich höre ihm gar nicht mehr richtig zu, was will er mir auch Neues erzählen? Ich allein weiß von meinen Fortschritten, und das soll fürs Erste auch so bleiben. Dann aber zucke ich zusammen. Wonach er sich nun erkundigt, das gefällt mir gar nicht.

»Kollege Hirschbein, Sie sind doch befreundet mit dem Patienten, haben wir einen Organspendeausweis?«

»Noch nicht, aber er hat einen, da bin ich mir sicher. Er hat mir oft davon erzählt, dass er seine Organe spenden möchte.«

Dieser Lügner! Nie hab ich so einen Blödsinn erzählt!

Im Gegenteil, ich hab ihm immer gesagt, meine Organe gehören mir allein. Auch nach meinem Tod. Ich sehe doch gar nicht ein, dass ich mich fit halte, bloß damit jemand davon profitiert, der seine Gesundheit ruiniert hat! Wie achtsam bin ich beispielsweise stets mit Alkohol umgegangen, hab die besten Leberwerte der Welt. Und dann soll ich einem Menschen, der sich seine Leber schrumpelig gesoffen habe, meine Leber spenden, damit er fröhlich weitersaufen kann? Kommt nicht in die Tüte!

»Der Hinweis ist Gold wert«, sagt der Chefarzt, »auch eine mündliche Willenserklärung ist hilfreich. Soweit unsere Untersuchungen ergeben, sind Herz, Lunge, Leber und Nieren noch gut zu gebrauchen und auch Teile der Augen. Meldet alles schon mal dem Transplantationszentrum.«

Ich hab nicht mehr viel Zeit. Die Bande will mich zerlegen und scheibchenweise verkaufen. Voller Ungeduld wartet man auf mein endgültiges Dahinscheiden. Von Gesundung oder gar Heilung ist überhaupt keine Rede mehr.

Als die Visite wieder verschwunden ist, wackle ich wie verrückt mit meinem dicken Onkel. Er ist meine einzige Hoffnung, er ist nicht nur ein Zeh, sondern mehr als das: Er ist mein Sprachrohr, mein Fenster zur Welt. Gibt es nicht Künstler, die mit den Zehen malen können? Auch wenn mir das nicht gelingt – und wie sollte mir das mit dem einfachen Gewackel gelingen? – so kann ich doch mit Hilfe des Zehs kommunizieren. Alles kommt auf Katja an! Hoffentlich bemerkt sie meine Signale, hoffentlich versteht sie, was ich meine!

Die Fliege. Sie ist wieder da. Dieses Mal hat sie meine Nase nur als Zwischenstation benutzt und ist gleich wieder durchgestartet, um auf meiner Stirn zu landen. Ich spüre, wie sie auf meinem Gehirnkasten herumläuft. Mal verharrt sie kurz, dann eilt sie weiter. Nun krabbelt sie über meine rechte Braue, ich merke es genau, kann fast die einzelnen Beinchen spüren. Jetzt macht sie sich an meinem Auge zu schaffen. Hau ab, du Mistviech! Das ist ja ekelhaft! Doch mir will nicht der kleinste Wimpernschlag gelingen, sie zu verscheuchen, genüsslich kann sie sich an meinem Tränensekret laben, ich habe keine Chance, sie zu vertreiben. Ohnmächtig vor Wut muss ich mir die Behandlung gefallen lassen. Warte, du verdammter Quälgeist, bis ich mich wieder bewegen kann. Du bist das Erste, was ich totschlagen werde!

Hab ich Agnes etwa schlecht behandelt? Bin ich ihr ein schlechter Ehemann gewesen? Und warum ausgerechnet Erwin, das Teiggesicht? Was hat er, das ich nicht habe? Auch sportlich bin ich ihm über, im Tennis hatte er nie auch nur die geringste Chance gegen mich. Natürlich, manchmal hab ich ihn herankommen lassen, hab ein paar nachlässige Bälle gespielt, damit das Match nicht zu langweilig wird. Sobald er aber wieder Hoffnung geschöpft hatte, sobald er glaubte, dieses Mal könnte er mich besiegen, hab ich ihm ein paar harte Bälle reingeknallt und das Match beendet. Er hat es immer auf irgendwas geschoben, auf einen langen Nachtdienst, auf Probleme mit seinem Ellenbogen oder etwas anderes. Nie hat er neidlos anerkennen können, dass ich einfach der Bessere war. War mir auch egal. Mir ging's ja nicht ums Gewinnen, sondern nur um die Bewegung. Einmal, ein einziges Mal hab ich's mit dem riskanten Spiel zu weit getrieben, und er hat tatsächlich einen Matchball bekommen, die Chance auf den ersten Sieg gegen mich. Ich erinnere mich genau, wie seine Augen geleuchtet haben, wie verkrampft er den Schläger gehalten hat, konzentriert bis aufs Äußerste. Und dann hat er einen Doppelfehler gemacht! Aus der Angst heraus, den Sieg zu verspielen, hat er die Aufschläge verhauen. Der Matchball war dahin. Ich gebe zu, bei den nächsten Bällen hab ich ihn absichtlich gescheucht, einen Ball links, einen Ball rechts, nicht zu feste, damit er immer noch dran kam, bevor ich ihm schließlich den finalen Ball lustvoll ins Feld geschmettert habe. Ist etwas gemein gewesen, kann schon sein, aber ich bin schließlich auch nur ein Mensch.

Vielleicht hätte ich schon längst was merken müssen. Die Art, wie sie über seine Witze gelacht hat, zum Beispiel. Seine Witze waren wirklich nicht besonders, die meinen waren auch nicht besser, zugegeben. Aber wenn ich einen Witz erzählt habe, hat Agnes nur müde das Gesicht verzogen, erzählte Erwin darauf einen genauso schlechten, kicherte sie darüber wie ein junges Mädchen. Ich hab mir nichts dabei gedacht, einem Gast gegenüber ist man eben etwas aufmerksamer als gegenüber seinem Ehemann. Auch dass sie immer den besten Wein aufgemacht hat, den vom *Fröhlich* aus Escherndorf, wenn Erwin zu Gast war, hätte mich misstrauisch machen sollen. Und wie sie beim Abschied die Hand noch einmal leicht auf seine Brust gelegt hat, ganz flüchtig nur, und wie sie dazu gelächelt hat, auch das hätte mir ein Zeichen sein sollen. Aber ich war ja mit Blindheit geschlagen, ich hab nicht das Geringste gemerkt. Ob alle Ehemänner so dumm sind?

Warum ist sie nicht einfach zu ihm gezogen? Warum hat sie mich nicht sitzen gelassen? Wäre doch kein Problem, heutzutage. Selbst wenn sich die Leute die Mäuler zerrissen hätten, was soll's denn? Mit Frauen, die ihre Männer verlassen, könnte man deutsche Stadien füllen. Wie sind sie nur auf die Idee gekommen, mich umzubringen? Hatten sie befürchtet, ich würde ihnen das Leben zur Hölle machen? Was für ein Käse! Natürlich hätte ich sie verflucht, natürlich hätte ich mir so manche Gemeinheit ausgedacht, besonders finanziell. Natürlich hätte sie von mir keinen Cent mehr gesehen. Ob es das war? Ob sie meine Rente wollte? Sie bekam nicht viel ausbezahlt, aber Erwin verdiente doch ganz anständig. Obwohl, er hatte sich mit Aktien verzockt, das hat er mal flüchtig erzählt. Dennoch, ich kann mir einfach nicht vorstellen, dass es ihnen ums Geld gegangen ist. Der wahre Grund war wahrscheinlich ein ganz einfacher: Ich störte. Ich störte einfach nur. Wie ein alter Sessel stört, der ständig im Weg steht, so störte ich die beiden bei ihrer Zweisamkeit. Sie waren es leid, dem alten Sessel dauernd auszuweichen. Auf den Sperrmüll mit ihm!

Ach Ringo! Wenn doch Ringo bei mir wäre! Warum dürfen Hunde nicht ins Krankenhaus? Ringo ist der einzige Mensch, der mich wirklich vermisst, die einzige fühlende Seele unter lauter Masken. Und diesen, meinen einzigen Freund, lässt man nicht zu mir. Ringo hab ich ihn wegen Ringo Starr genannt, das sagte ich, glaube ich, bereits. Auch ich hab in meiner Jugend Schlagzeug gespielt. Von Ringo heißt es oft, er sei nur ein mäßiger Schlagzeuger gewesen. Und wenn schon! Er war mehr als der Mann an der Trommel, er hat die Beatles durch seinen Humor zusammengehalten. Jedes Team braucht solch einen Mann. Was Poldi für die Nationalmannschaft, das ist Ringo für die *Beatles* gewesen. Und singen konnte er auch, wenngleich nur fünf Töne: »With a little help from my friends!« – Ach Ringo, du mein einziger Freund! Du würdest mir helfen, du würdest mir so guttun! Doch Agnes wird den Teufel tun, dich an mein Krankenbett zu lassen. Die Stubenfliege, ich habe einen Namen für sie, ich werde sie Agnes taufen.

Es wird Abend. Mittlerweile kann ich die Tageszeiten gut unterscheiden, auch wenn ich den Kopf nicht wenden kann. Habe den Blick auf den Knick zum Galgen, wie man den stählernen Bettarm zu nennen pflegt, perfektioniert. In dem Knick kann ich die Fenster erkennen, merke, wenn die Sonne aufgeht oder es zu dunkeln beginnt. Ich habe lange darüber nachgedacht, wie ich es anstellen kann, mit Katja zu kommunizieren. Hoffentlich versteht sie mich, hoffentlich rennt sie nicht gleich los, um Erwin zu holen. Der Scheißkerl, der Mörder! Jetzt verstehe ich, warum er ihr aufgetragen hat, ihn als Ersten zu informieren, wenn sich etwas an meinem Zustand ändern sollte. Zuerst bin ich ganz gerührt gewesen, nun aber weiß ich, was er vorhat. Ich muss Katja auf meinen wackelnden Zeh aufmerksam machen und ihr zugleich signalisieren, dass sie das vorerst für sich behalten muss. Ein Restrisiko bleibt, aber was wäre die Alternative? Gleich wird sie kommen, um mich für die Nacht fertigzumachen. Ich spüre, wie die Spannung steigt.

Die Tür wird geöffnet. Schritte nähern sich. – Mist! Es ist nicht Katja, es ist Erwin. Er tritt neben mein Bett, beachtet mich aber nicht weiter, sondern macht sich an dem Tropf zu schaffen. Was hat er vor? Was soll das? Die Flasche wurde doch vorhin erst erneuert! Jetzt dreht er an einem Schräubchen, es tropft stärker. Ich spüre, wie ich zu schwitzen beginne. Die Kurve mit meinen EKG-Zacken beginnt, rascher zu laufen. Ist das wegen der schnelleren Tropfen oder wegen meiner Nervosität? Vorsicht, Vorsicht, Vorsicht! Erwin darf nicht merken, dass ich auf ihn reagiere! Dann zieht er sogleich die Todesspritze aus der Kitteltasche. Wie war das noch beim autogenen Training? Herz schlägt ruhig! Herz schlägt ruhig! Herz schlägt ruhig! – Mein Herz weigert sich, ruhiger zu schlagen. Ist es doch das Zeug aus dem Tropf? Fängt es an zu wirken? Will er mich jetzt schon vergiften? In diesem Moment öffnet sich erneut die Tür. Es ist Katja.

Rasch hat Erwin die Schraube am Tropf wieder zurückgedreht, es tropft wieder langsamer. Uff! Gerade nochmal gutgegangen. »Nein, Sie stören nicht, Schwester Katja«, hat Erwin zu ihr gesagt, »machen Sie ruhig Ihre Arbeit.« Dann ist er gegangen. Von der Tür aus aber hat er ihr noch zugerufen: »Sie wissen ja, was er mir bedeutet. Wenn es ein Hoffnungszeichen geben sollte, will ich der Erste sein, der davon erfährt.« – »Aber natürlich!«, hat ihm Katja geantwortet.

Nun sind wir allein. Sie beginnt, mich zu waschen. Ich bleibe bei meinem Plan. Es hat keinen Zweck, ihn zu ändern. Was soll ich auch tun? Meine Fortschritte für mich behalten? Warten, bis nach und nach mein ganzer Körper aufwacht und Erwin dann eins in die Fresse geben? Wann soll das passieren? So sehr ich auch übe, mehr als mein rechter großer Zeh gehorcht mir nicht. Die anderen Zehen: Fehlanzeige. Das gleiche an den Händen.

Wieder beginnt sie mit der Wäsche bei meinem Gesicht – *Ach Katja, wie gut du duftest!* – , dann kommen Brust und Bauch an die Reihe, dann der Rücken, zu welchem Zweck sie das Bett leicht zur Seite kippt, um mich besser wenden zu können, dann mein Unterleib, dann das rechte Bein: der Oberschenkel, der Unterschenkel, mein Fuß.

Ich wackle. Ich wackle, so gut ich kann. Ich spüre, wie sie mir mit dem Waschlappen über den Rist fährt, wie sie meinen Fuß hebt, um mir die Sohle zu waschen. Ich wackle und wackle. Plötzlich hält sie inne. Hat sie was gemerkt?

Ja, Katja! Das bin ich! Ich sende dir ein Zeichen, ich lebe! Ich kann meinen großen Zeh bewegen, siehst du das? Fass ihn an, berühre ihn, dann wirst du die Kraft spüren, die ich zu ihm hinabsende!

Sie sagt immer noch nichts. Wie gebannt scheint sie, scheint mein Wackeln bemerkt zu haben, aber es nicht glauben zu können. Ich beginne, den Rhythmus zu ändern, versuche es mit einem Signal. Zweimal hintereinander drücke ich den Zeh durch, mache eine kurze Pause, drücke den Zeh erneut zweimal durch. Stille am Ende meines Bettes. Sie hat's bemerkt! Katja hat's bemerkt! Ganz bestimmt. Wie anders ist ihr Innehalten zu erklären? Ich werde wagemutiger, ändere den Rhythmus erneut. Dieses Mal drücke ich den Zeh dreimal hintereinander durch, bevor ich eine Pause mache. Dreimal drücken. Pause. Dreimal drücken. Pause. Ihr Kopf taucht über dem meinen auf. Sie blickt mir in die Augen, schüttelt unmerklich den Kopf. In ihrem Gesicht lese ich Erstaunen, ja, eine übergroße Verwunderung.

Wie gerne würde ich dich anlächeln! Wie gerne würde ich dich umarmen! Wie gerne würde ich dich küssen! Du hast mich verstanden. Du weißt, was mit mir ist. Du verstehst mich, und ich verstehe dich. Wir können miteinander kommunizieren.

Der erste Teil meines Planes ist aufgegangen. Jetzt kommt die kritische Phase. Hoffentlich läuft sich nicht davon, hoffentlich eilt sie nicht zu Erwin und erzählt ihm alles. Jetzt muss sie mir eine Frage stellen, eine erste simple Frage, um festzustellen, dass ich sie verstehe.

Komm, Katja! Frag mich was! Frag, ob ich Ludwig Papenstiel bin, frag mich, ob das ein Krankenhaus ist, frag, ob eins plus eins zwei ist. Dann werde ich bejahend mit dem Zeh wackeln und du stellst mir die nächste Frage. So wirst du alles herausfinden, wirst erfahren, was passiert ist, dass man mich ermorden will, dass Erwin dahintersteckt, dieser Verbrecher. Frag mich was, Katja, bitte frag mich was.

»Verstehen Sie mich?«

Sie schaut nach unten zum Fußende des Bettes. Ich wackle fröhlich mit dem Zeh. Rasch dreht sie den Kopf zurück und blickt mich atemlos an.

»Verstehen Sie mich wirklich?«

Erneut wackle ich, fröhlicher noch als zuvor.

Oh Katja! Wie wunderbar ist das! Endlich. Endlich bin ich aus diesem dunklen Loch befreit, endlich habe ich meine Stimme zurück. Du verstehst mich. Du hast mich immer verstanden, aber jetzt können wir miteinander reden. Sprich weiter, frag weiter, ich werde dir alles verraten, alles. Kein Geheimnis werde ich vor dir haben, mein Engel. Frag nur! Frag weiter!

Lange sieht sie mich an. Aber klar, sie muss das erst mal realisieren, muss über die nächste Frage nachdenken. Es gehen ja nur Fragen, auf die ich mit Wackeln oder Nicht-Wackeln reagieren kann, da will jede Frage gut überlegt sein.

»Verstehen Sie mich wirklich?«, fragt sie erneut und schaut zu meinem Fuß hinunter.

Ich wackle. Da springt sie plötzlich auf.

Was machst du, Katja? Bitte bleib bei mir, bitte verlass mich nicht! Lauf nicht fort. Lauf nicht hinaus. Lauf nicht zu Erwin, hörst du, auf keinen Fall zu Erwin! Das wäre ein Fehler, ein tödlicher Fehler! Bleib bei mir, so hör mich doch, renn nicht weg!

Sie ist davon. Hat die Tür hinter sich zugeworfen und ist davon. Mein Engel hat mich verlassen. Katja ist zu meinem Todesengel geworden. Mein schöner Plan, alles für die Katz. So gut hat alles begonnen, hat alles so wunderbar funktioniert. Und so schnell ist alles vorbei. Warum ist sie nicht bei mir geblieben, warum hat sie nicht weitergefragt? Wir hatten doch alle Zeit der Welt. Was hätte ihr mein Zeh und ich alles zu erzählen gehabt, die ganze schreckliche Geschichte.

Es kommt, wie es kommen muss. Nicht mal eine Minute später wird die Tür aufgerissen, Erwin stürmt herein, Katja folgt ihm. Meine Beine liegen noch frei, man muss die Bettdecke nicht einmal zur Seite ziehen. Erwins Gesicht taucht über mir auf, tief gerötet ist es. Nicht mal nach dem längsten Tennismatch haben seine teigigen Backen derart geglüht.

Nun komm schon, mach schon. Stell deine Fragen. Katja hat dir ja alles schon erzählt, du musst nur auf meinen rechten großen Zeh achten.

»Kannst du mich hören, Ludwig?«

Mein Zeh rührt sich keinen Millimeter.

»Ludwig, kannst du mich hören? Verstehst du mich?«

Mein Zeh bleibt steif wie ein Mast im Wind.

»Ludwig, wenn du mich hören kannst, dann wackle bitte mit dem Zeh«, ruft er und schlägt mir zugleich dreimal kräftig auf meine linke Wange.

Den Gefallen werde ich dir nicht tun. Welcher Gefangene unterschreibt freiwillig sein Todesurteil? Du kannst mir Löcher in den Bauch fragen, du Feigling, von mir wirst du nichts erfahren. Auch eine Krankenschwester kann sich mal irren. Ich liege im Koma, verstehst du, im tiefsten Koma. Bei mir wackelt nichts mehr, da kannst du noch so lang auf meinen Zeh starren. Aber nicht wahr, einen tüchtigen Schrecken habe ich dir ein-

gejagt. Immerhin, besser als nichts. Jetzt glühen deine
Backen, und deine Pumpe schlägt wie verrückt. Spürst
du Angst in dir hochkriechen, spürst du, wie die Panik
wächst? Doch keine Sorge, bleib ruhig und unbesorgt,
der Zeh bewegt sich ja nicht.

Das Gesicht von Erwin verschwindet, Katja taucht
über mir auf.

»Herr Papenstiel? Hören Sie mich?«

Oh, fällt das schwer, darauf nicht zu antworten. Wie
süß ist ihre Stimme, wie ängstlich. Und doch muss ich
mich totstellen, darf mich nicht bewegen, muss meinem Zeh befehlen, sich keinen Millimeter zu bewegen.

»Herr Papenstiel, bitte, geben Sie mir ein Zeichen!«

Hör bitte auf damit, Katja. Komm später wieder.
Dann werde ich dir alles erzählen, oh, wie ich erzählen
werde. Du wirst staunen, Katja, was ich dir zu erzählen
habe. Und wirst mich verstehen, wirst begreifen, warum
ich schweigen musste. Komm später wieder, Katja. Ich
bitte dich sehnlichst darum, komm diese Nacht noch
einmal zu mir.

»Schwester Katja, ich glaube, Sie sind etwas über-
arbeitet. Was jagen Sie mir da für einen Schrecken ein?«

»Tut mir leid, Herr Oberarzt, aber Sie sagten doch …«

»Machen Sie Ihre Arbeit, aber kommen Sie mir nicht
mehr mit solchen Ammenmärchen!«

Arme Katja! Ich werde alles wiedergutmachen, aber
ich konnte nicht anders handeln. Sie wird es verstehen, wenn er hinter Schloss und Riegel sitzt. Ein Rie-
senstein ist mir vom Herzen geplumpst, noch ist Polen
nicht verloren. Ich hab noch eine Chance. Hoffentlich

gibt mir Katja noch eine weitere, hoffentlich macht sie da weiter, wo wir aufgehört haben. Ammenmärchen, sehr gut! Erwin scheint zum Glück keinen Verdacht zu schöpfen. Oder etwa doch? Stellt er sich nur ungläubig, plant er stattdessen heimlich, mir den finalen Todesstoß zu geben?

Wenn doch nur Ringo bei mir wäre! Wir haben uns stets aufs Beste verstanden, auch ohne Worte. Ich gehöre nicht zu den Hundebesitzern, die ständig auf ihren Schützling einreden. Ein lebendiges Wesen bei sich zu haben, mit dem man sich ohne Sprache versteht, was für ein Segen wäre das. Ich bin überzeugt, Ringo würde auf Anhieb spüren, was mit mir ist. Vielleicht habe ich ihm auch deshalb den Namen gegeben. Ringo Starr, der vierte Beatle, hat unmerklich Rhythmus und Tempo verändert. Hochnäsige Kritiker haben ihm das vorgeworfen. Dabei war genau das seine Stärke. Er hatte das Gespür für den richtigen Moment. Genau wie Ringo, mein Dackel. Bei ihm bräuchte ich nicht mit dem Zeh wackeln. Warum verstehen die Menschen nicht, was ein Hund begreift?

Es ist tiefe Nacht. Katja ist nicht zurückgekommen. Vielleicht hat sie jetzt auch frei, sie ist ja schon seit dem frühen Morgen im Dienst. Die Schichten der Schwestern sind mir nicht ganz klar, hab was von Personalmangel mitgekriegt, viele müssen Überstunden schieben, dadurch gerät der Dienstplan wohl ziemlich durcheinander. Aber bestimmt wird Katja morgen wiederkommen, bestimmt wird sie weiterfragen. Spätestens, wenn ich beim Waschen wieder mit dem Zeh wackeln werde.

Sie mag mich, das spüre ich. Vielleicht mag sie auch all ihre anderen Patienten, das kann ich nicht beurteilen, aber dass sie mich mag, das spüre ich. Ich bin kein Stück lebloser Körper für sie, für sie bin ich immer noch lebendig. Nicht erst seit der Sache mit dem Zeh, auch vorher schon. Ich spüre das. Für die Mediziner bin ich nur eine Nummer, ein Fall. Für Katja bin ich ein Mensch.

Von der Neustädter Kirche läutet es Mitternacht, als die Tür geöffnet wird. Ich habe gelernt, die Schritte zu unterscheiden, bin schon sehr gut darin. Auch diese Schritte kenne ich. Es ist Agnes. Und auch die anderen Schritte sind mir bestens vertraut. Erwin! Was haben die beiden vor? Hat Erwin ihr etwas von meinem Zeh erzählt? Sind sie gekommen, um ihr blutiges Werk zu vollenden?

»Muss das wirklich sein?« Agnes klingt nervös.

»Aber das haben wir doch lange diskutiert, Mäuschen. Du musst häufiger bei ihm sein, damit niemand Verdacht schöpft.«

»Ich halte das nicht aus.«

»Du schaffst das schon. Ist ja nur für kurze Zeit. Ich spritze ihm jeden Tag etwas *Quirilium* in den Tropf, keiner wird etwas merken. Nach drei Tagen ist er hinüber.«

»Warum muss das denn so lang dauern?«

»Wir müssen vorsichtig sein, das verstehst du doch. Ich sorge mich um das Medizinische, und du bist die liebende Ehefrau, die bis zu seinem Tode treu an seiner Seite ist und aufpasst, dass übermotivierte Krankenschwestern sich auf ihre Arbeit beschränken.«

»Wird er sehr leiden müssen?«

»Überhaupt nicht, im Gegenteil. Kein süßeres Einschlafen als mit *Quirilium*.«

Ich höre, wie er nähertritt und sich erneut an meinem Tropf zu schaffen macht. Ich sehe eine kleine Nadel aufblitzen. Er sticht sie durch den Gummipfropf, der die Flasche verschließt. Dann steigen kleine blubbernde Bläschen in der Flasche auf. Er drückt die Spritze ganz durch, dann zieht er die Nadel wieder aus dem Tropf.

»Nach drei Tagen ist er friedlich eingeschlafen, garantiert.«

Ich höre ein leichtes Seufzen, dann nur noch ein zärtliches Schmatzen. Kein Zweifel! Sie küssen sich wieder. Direkt neben meinem Bett. Nachdem Erwin mir das Teufelszeug in den Tropf gespritzt hat, küssen sie sich. Das kann, das darf doch wohl nicht wahr sein. Im Spiegel des Bettgalgens erkenne ich, wie Agnes vor ihm niedersinkt, wie sie seinen Kittel öffnet. Um Gottes willen, was soll denn das? Ich höre das Geräusch eines sich öffnenden Reißverschlusses, sie werden doch nicht … was für eine Schweinerei ist denn das … ich höre nur noch verdächtige Geräusche, höre Erwin, wie er stärker zu atmen beginnt. Das ist die Hölle, das ist schlimmer als der Tod! Was habe ich getan? Warum muss ich das erleiden?

Beim Tennis hat er auch immer so stöhnen müssen. Im letzten Satz, wenn er an das Ende seiner Kräfte kam. Ich habe nie gestöhnt. Auch nicht beim Sex. Bei mir ging alles deutlich müheloser. Dass Erwin beim Sex auf die gleiche Weise stöhnen würde wie beim Tennismatch, hätte ich nicht vermutet. Was man nicht so alles von seinen besten Freunden erfährt, wenn man im Sterben liegt. Ich merke, wie ich einen gewissen Sarkasmus entwickle. Oder sollte ich es besser Fatalismus nennen? Auch das Agnes Spaß an dieser Art von Sex hat, hätte ich nie vermutet. Vor mir hat sie sich niemals niedergekniet. Es hat aber nicht so ausgesehen, als hätte sie das das erste Mal gemacht. Wie heißt es doch so schön? »Beim nächsten Mann wird alles anders!« Selbst die Bereitschaft zum Niederknien.

Ich staune über mich selbst. Eigentlich müsste ich vor Hass zerplatzen. Zwar würde ich keine Sekunde zögern, mit meinem Wackelzeh den Abzug zu betätigen, würde mir jemand eine Knarre an das Fußgestell meines Bettes montieren, doch täte ich es kalten Blutes. Gibt es eine Stufe des Hasses, der in kalte Gelassenheit umschlagen kann? Eine Art Selbstschutz unserer Emotionen? Es muss wohl so sein. Wie würden die Tausenden und Abertausenden von Folteropfern ihre Gefangenschaft überstehen? Der Vergleich ist treffend. Was mache ich anderes durch als Folter? Dieses Wort allein beschreibt zutreffend meine Situation. Drei Tage bleiben mir, drei Tage maximal, vielleicht auch weniger. Dann wird das Gift seine Wirkung tun. Die erste Ladung tröpfelt schon in mich hinein, eine klare, wässrige Substanz, die die Flüssigkeit in der Flasche nicht trübt. Und doch, noch gebe ich nicht auf. Etwas Zeit bleibt mir noch. Bestimmt muss Katja ständig darüber nachgrübeln, was geschehen ist. Vielleicht wird ihr klar, dass ich nur kommunizieren kann, wenn ich mit ihr allein bin. Daran klammere ich mich, das ist mein Strohhalm.

Am nächsten Morgen ist Agnes verschwunden. Erwins Bitte zum Trotz ist sie wieder nach Hause. Was für eine perfide Idee von ihm, dass sie die trauernde Ehefrau spielen soll. Und zugleich von ihr zu verlangen, ihm neben meinem Krankenbett zu Willen zu sein. Bigotter geht's wohl nicht, von der Geschmacklosigkeit ganz zu schweigen.

Matt beginnt die Frühlingssonne, in mein Zimmer zu scheinen. Die Tür geht auf, hoffentlich ist es Katja.

Es ist nicht Katja. Es ist Schwester Trude. Sie wird von einer zweiten Schwester begleitet, Jennifer heißt sie. Jennifer habe ich bereits kennengelernt. Jung und hübsch ist sie, wie Katja, aber kalt, eiskalt. Oberschwester Trude jedoch scheint einen Narren an ihr gefressen zu haben, während sie über Katja nur böse Worte findet. Während die beiden beginnen, mein Bett neu zu beziehen, unterhalten sie sich ungeniert über meinen Kopf hinweg. Erneut beginnen sie über Katja zu lästern. Wie naiv und unschuldig sie immer täte, dabei sei sie ein durchtriebenes Weibsstück. Wie geschickt sie es verstehen würde, Doc Wingenfeld auf sich aufmerksam zu machen, den jungen Assistenzarzt mit den dunklen Locken. Und Wingi sei auch noch so blöd, darauf reinzufallen. Die schüchternen Fragen, die sie ihm zu den hoffnungslosesten Patienten stellt, was sie für die Ärmsten noch tun könne, dieses Mutter-Theresa-Getue. Dabei sei ihr Spiel völlig durchsichtig. Ihre Absicht sei klar: Sie wolle sich Wingi schnappen, nichts anderes habe sie vor.

»Dabei hat er auf der Faschingsfeier nur mit mir getanzt«, empörte sich Schwester Jennifer.

»Bleib ganz ruhig, wir werden ihr die Flausen schon austreiben.«

»Aber der Zettel an ihrem Spind.«

»Keine Sorge, Jenny, den haben wir doch rechtzeitig gesehen und entfernt. ›Hast du Lust, heute mit ins Kino zu kommen?‹ Nein, Herr Doktor, das falsche Täubchen hat weder Zeit noch Lust darauf!«

»Bestimmt wird er es wieder versuchen.«

»Bestimmt! Auch dieses Mal mit einer Schwester, und diese Schwester heißt Jennifer.«

»Ach, Trude.«

Sie drücken mich unsanft zur Seite, sodass ich mit dem Gesicht gegen das Bettgitter knalle, und beginnen, das Betttuch unter mir wegzurollen. Trude hat sich nun richtig warmgeredet.

»Das Schätzchen bleibt bestimmt nicht mehr lange bei uns, sie ist doch jetzt schon mit den Nerven fertig. Gestern Abend soll sie Rotz und Wasser geflennt haben. Der Oberarzt hat ihr die Leviten gelesen. Zu Recht! Weißt, du, was für einen Blödsinn sie ihm erzählt hat? Die Leiche hier soll mit den Zehen gewackelt haben, deshalb hat sie den Ober eigens aus dem Bett geschellt.«

Jennifer musste kichern. »Ach, Trude, du kannst mich immer so schön trösten!«

»Und das mit Wingi wird auch noch klappen. Weißt du was, ich lad euch nächsten Samstag zur Bowle bei mir ein, die ganze Truppe, bis auf Katja natürlich, die hat dann nämlich Nachtdienst. Und du bekommst den Platz in der Sitzecke, direkt neben deinem hübschen Doc. Und ich kippe reichlich Rum in die Bowle.«

»Ach, Trude!«

Sie haben mich wieder in die Rückenposition geworfen, als Trude ihren Kittel hochzieht, sich neben mich setzt und ihr nacktes Bein neben das meine legt.

»So, Papenstiel, dann wollen wir mal wieder mit den Zehen wackeln! So geht das!«

In meinem Knickspiegel kann ich beobachten, wie sie ihre knallrot lackierten Zehennägel neben meinen Füßen tanzen lässt. Schwester Jennifer bekommt einen Lachanfall. Kichernd ziehen die beiden wieder ab und lassen mich allein.

Ach, Katja, wie böse ist die Welt! Menschen mit Herz haben keinen Platz darin. Aber eines schwöre ich dir, wenn ich wieder reden kann, werde ich alles tun, damit du deinen jungen Doktor bekommst. Er mag dich, ganz bestimmt tut er das! Er ist nur ein wenig schüchtern. Ich hab's genau beobachtet, in meinem Knickspiegel, wie er dich bei der Visite heimlich anschaut, wie er lächeln muss, wenn sich eure Blicke treffen. Glaub mir, er mag dich, ich kenn mich damit aus.

Liegt es am Getropfe aus der Flasche? Beginnt das Gift schon zu wirken? Ich merke, dass ich müder werde. Verdammt, was ist das für ein Zeug? Was ist *Quirilium*? Der Name schon klingt gefährlich. Will mich Erwin einschläfern wie ein krankes Tier? Ach, wenn nur Ringo bei mir wäre. Er ist das einzige Wesen, das ich wirklich vermisse. Ich bin überzeugt, Ringo würde spüren, dass ich noch lebe. Er würde mir das Gesicht abschlecken, würde leise fiepsen und sich dann zu mir legen, seine Schnauze dicht an meiner Nase. Tiere sind menschlicher als der Mensch. Ich liebe Ringo, meinen kleinen Dackel. Warum sind Tiere in Krankenhäusern verboten, warum bringt niemand Ringo zu mir? Es würde mir helfen, ganz gewiss würde es das. Es würde mir auch helfen, gegen die Müdigkeit anzukämpfen. Ich darf jetzt nicht einschlafen, ich muss dagegen ankämpfen.

Wie verrückt wackle ich mit meinem Zeh. Er ist meine einzige Hoffnung. Wenn ich jetzt einschlafe und Katja kommt, werde ich ihr kein Signal mehr senden können. Wenn doch bloß die verdammte Müdigkeit nicht wäre.

Die Tür geht auf. Es ist nicht Katja, es ist der Schwarm von Weißkitteln, die Visite. Ich höre die Stimme des Chefarztes, auch Erwin ist mit dabei, Schwester Trude, Jennifer, auch Doktor Wingenfeld und jede Menge Studenten. Erwin stellt sich direkt neben mein Fußende, so nah, dass keiner einen Blick auf meine Zehen werfen kann.

Ach Erwin, du bist so dämlich, wie du hinterhältig bist. Hast du tatsächlich Angst, ich könnte bei der Visite mit der Zehe wackeln? So dumm werde ich nicht sein. Was sollte mir das bringen? Man wird die Bewegung als Spastik erklären, als epileptischen Krampfanfall. Und nach der Visite würdest du wiederkommen und mir die Todesspritze versetzen. Ich werde den Teufel tun und jetzt mit der Zehe wackeln.

»Was Neues zu Patient Papenstiel?«, höre ich den Chefarzt fragen.

»Nichts Neues«, beeilt sich Erwin zu sagen, während er sich vor meinem Fußende breit macht, »nur das hier.«

In meinem Knickspiegel erkenne ich, wie er eine kleine Karte aus der Kitteltasche zieht.

»Ah, sehr gut«, sagt der Chefarzt, »der Organspendeausweis. Wo haben wir den denn plötzlich her?«

»Die Frau des Patienten hat ihn uns gebracht.«

Oh, Erwin, dieser Lügner! Dieser dreiste, unverschämte Lügner. Sie haben meine Unterschrift gefälscht. Nie im Leben hätte ich ein solches Stück Papier unterschrieben. Auch das scheint zu ihrem Plan zu gehören, mich möglichst vollständig zu beseitigen. Und möglichst rasch. Wer wird schon lange damit zögern, mich auseinanderzunehmen, wenn man mit meinen Organen gute Geschäfte machen kann? Man erklärt mich für klinisch tot, und auf geht's!

»Irgendwelche Lebenszeichen heute Morgen bei der Pflege?«, fragt der Chefarzt.

»Null Komma null!« Das ist die Stimme von Schwester Trude.

»Auch wenn wir so lange und freundlich mit ihm gesprochen haben«, ergänzt Schwester Jennifer und wirft sich die blonden Locken über die Schulter.

Oh, diese falsche Kuh! Freundlich gesprochen? Gelästert haben die beiden, was das Zeug hält. Die Worte waren allein für den jungen Doktor bestimmt, sie will sich bei ihm einschleimen. Wie falsch sie ihn anlächelt!

Lächle bloß nicht zurück, Doktor Wingenfeld! Vergifteter kann kein Lächeln sein! Sie will dich nur umgarnen, die falsche Schlange! Sie ist böse wie die Nacht, macht aber einen auf Lämmchen. Fall bitte, bitte nicht darauf hinein!

Er lächelt zurück! Der Idiot, lächelt zurück. Entschuldigung, aber er ist wirklich einer, wenn er nicht erkennt, dass einzig Katja ihn liebt, dass einzig Katja ein Herz besitzt. Wie diese Jennifer den Triumph genießt, wie sie ihre künstlich bewimperten Augen niederschlägt und kokett zu Boden blickt. Kann es eine größere Niedertracht geben?

Ich bin froh, als die Meute mein Zimmer wieder verlässt. Wenigstens hat die Aufregung dafür gesorgt, dass die Müdigkeit wieder verschwunden ist. Ich muss mich jetzt ganz auf den nächsten Schritt konzentrieren. Energisch wackle ich wieder mit dem Zeh. Katja! Hoffentlich kommt Katja am Nachmittag.

Ich muss geschlafen haben, tief und traumlos, zum Glück aber bin ich noch mal aufgewacht. Mein Körper ist stärker als das Gift, gut so! Da musst du schon mit größeren Spritzen arbeiten, lieber Erwin, das Zeug bringt mich noch lange nicht um. Ich blicke in den Knickspiegel. Die Dämmerung hat bereits eingesetzt. Ein Schrecken durchfährt mich. Was, wenn Katja schon bei mir gewesen ist? Was, wenn ich es nur nicht bemerkt habe, weil ich so tief geschlafen habe? Im selben Augenblick wird die Tür geöffnet. Mein Herz stockt. Es ist nicht Katja, es ist Agnes. Und sie ist nicht allein, Erwin drückt sich hinter ihr ins Zimmer. Während Agnes zum Fenster hinausschaut, fummelte er an seiner Kitteltasche herum und zieht die kleine Spritze hervor. Dann stößt er die kalte Nadel durch den Gummipfropfen meines Tropfs und drückt die nächste Ladung Gift hinein.

»So …«, sagte er dabei, »und morgen gibt es Spritze Numero drei.«

»Warum muss es so langsam gehen?«, fragt Agnes, ohne ihren Blick vom Fenster zu lassen, »wie schnell ist es bei Brigitte gegangen.«

Ich glaube, ich höre nicht richtig. Was war das? Was hat Agnes da gesagt? Brigitte war die Frau von Erwin, vor zwei Jahren ist sie überraschend gestorben, aus völliger Gesundheit heraus. Herzinfarkt, hat es geheißen.

»Das war doch eine völlig andere Situation, Mäuschen«, erwidert Erwin, während er die Spritze abzieht und in seiner Kitteltasche verschwinden lässt, »Ludwig wird man alle Organe entnehmen, gründliche Blutuntersuchungen sind da vorgeschrieben. Wir müssen mit dem *Quirilium* unter der Nachweisegrenze bleiben, sonst wird man Verdacht schöpfen. Vertrau mir, bitte.«

Darauf dreht sie sich mit einer raschen Bewegung zu ihm um und umarmt ihn.

»Aber natürlich vertraue ich dir, mein Schatz, du machst ja alles richtig. Wenn die Geschichte nur nicht so schrecklich an meinen Nerven zerren würde. Bei Brigitte war das anders, da ging alles so schnell.«

»Bei ihr musste es schnell gehen. Sonst hätte sie sich Ludwig anvertraut.«

Verflucht! Das gibt's doch nicht, das kann nicht sein. Dass die beiden mich ermorden, schlimm genug, dass sie aber auch Gitte auf dem Gewissen haben, meine Gitte! Niemals, niemals hätte ich das vermutet. Ja, ich gebe es zu, Gitte und ich hatten eine Affäre miteinander gehabt, drei Jahre lang haben wir uns heimlich getroffen, immer dienstags, wenn Agnes zum Yoga musste, hat Gitte mich besucht. Sie konnte so leidenschaftlich sein! Um auf Nummer sicher zu gehen und auch aus Anstand haben wir es nie im Ehebett getrieben, sondern immer unten in meinem Hobbykeller. Stets sind wir supervorsichtig gewesen. Wie kann es sein, dass Agnes und Erwin was mitbekommen haben?

»Gut, dass die beiden nun endgültig aus unserem Leben verschwinden«, sagt Agnes und löst sich aus der Umarmung, um wieder ans Fenster zu treten, »auch wenn ich Ludwig schon lange nicht mehr liebe, die Schmach, die er mir damals zugefügt hat, werde ich ihm nie verzeihen. Wie ich durch das Kellerfenster beobachten musste, was die beiden da in seinem Hobbykeller treiben … Es war der schlimmste Tag meines Lebens. Am nächsten Dienstag hab ich nur so getan, als ginge ich zum Yoga, also zu dir, und hab wieder durch das Kellerfenster geäugt. Da wusste ich endgültig Bescheid. Ich sehe die beiden noch vor mir, mitten auf seiner *Märklin*-Eisenbahn …«

Vor Schluchzen kann sie nicht weitersprechen. Im Knickspiegel beobachte ich, wie Erwin hinter sie tritt und sie umarmt.

»Den nächsten Halt des Zuges hat sie nicht mehr miterlebt«, flüstert er ihr mit einer Spur Triumph in der Stimme zu.

»Auch dafür liebe ich dich«, flüstert Agnes zurück.

Nun besteht kein Zweifel mehr: Sie haben es tatsächlich getan! Gitte, meine Gitte, ist keines natürlichen Todes gestorben, die beiden haben sie umgebracht.

Exakt an dem Abend im Mai vor zwei Jahren, als ich im Hobbykeller auf sie gewartet hab. Ich weiß es noch, als ob es gestern gewesen wäre. Ich saß nur mit meinem weißen Seidenbademantel bekleidet an meinem Trafo und ließ in freudiger Erregung meine kostbarste Dampflok durch den Tunnel fahren. Den Champagner hatte ich wie üblich in den Kühler neben dem Verteilerkasten gestellt und wartete auf Gitte. Stattdessen aber war Agnes gekommen, die ich doch beim Yoga-Kurs vermutet hatte, hat über die Szenerie kein Wort verloren und mir nur mit eiskalter Stimme verkündet, Brigitte sei verstorben. Eine Welt ist für mich zusammengebrochen. In dem Moment erst ist mir klar geworden, was ich für Gitte empfunden hatte. Es ist mehr als eine Affäre gewesen, ich habe sie geliebt. Und nun muss ich erfahren, dass man sie eiskalt ermordet hat, ermordet von Erwin, ihrem eigenen Ehemann, vermutlich ebenfalls durch ein Gift. Aber warum? Warum das Ganze? Ich meine, Agnes und Erwin haben uns doch genauso betrogen wie wir sie. Wo lag da der Sinn? Völlig irrwitzig war das doch, von der Brutalität ganz zu schweigen. Warum hatte es Agnes nicht ausgereicht, mich zu betrügen. Warum hatte sie es nicht ertragen, mich mit einer anderen teilen. Wie krank war denn das?

Im Knickspiegel kann ich erkennen, wie Erwin die Umarmung lockert. Er gibt Agnes noch einen Kuss in den Nacken, dann tritt er zu mir ans Bett, schnippt gegen den Spiegel der Infusionsflasche und dreht ein wenig an dem Rädchen, worauf es schneller zu tropfen beginnt. Darauf verlässt er mit Agnes das Zimmer.

Ich bin geplättet! Was für ein durchtriebenes Pärchen. Sie morden sich durchs Leben, auch meine Gitte haben sie auf dem Gewissen, Gitte mit den weichen Lippen, Gitte, deren schönen Hals ich nie vergessen werde. Wie reizend war der Anblick, wenn sie ihn in den Nacken legte, um mir zu Willen zu sein, damals, auf meiner *Märklin*-Eisenbahnanlage. Ich bin entsetzt, aus meinem Entsetzen aber wächst mir neue Kraft. Nun erst recht! Nun werden wir erst recht den Kampf aufnehmen, ich und mein Wackelzeh. Und Katja! Alles werden wir tun, das saubere Pärchen hinter Gitter zu bringen. Massenmörder sind die beiden, die schlimmsten Verbrecher, die man sich vorstellen kann. Katja, bitte Katja, komm! Ich brauche dich jetzt so dringend.

Glauben Sie an Wunder? Ich nicht. Nicht bis zu diesem Moment! Gerade, als ich Katja flehentlich herbeisehne, geht die Tür auf, und mein Engel schwebt herein. Etwas ernster scheint sie mir als sonst, auch trägt sie kein Lied auf den Lippen, dennoch spüre ich, wie mit ihr die Wärme zurückkehrt, in diese kalte, unbarmherzige Welt.

Katja, mein Engel! Bitte mach weiter! Ich weiß, was ich dir angetan habe, antun musste, weil doch der schreckliche Erwin bei dir gewesen ist. Mach nochmal die Probe. Heb die Decke. Sieh, mein Wackelzeh begrüßt dich doch schon voller Freude!

Sie zögert. Sie tritt neben mein Bett und schaut mich mit ihren Rehaugen an. Sie ist blasser als sonst, die Blässe aber macht sie nur noch schöner. Stumm verharrt sie an meinem Kopfende, hört nicht damit auf, mich anzublicken. Will sie mich prüfen, glaubt sie ihren eigenen Sinnen nicht mehr? Langsam streckt sie die Hand aus, streichelt mir meine linke Wange.

Ach Katja, wie süß du bist, wie unglaublich sanft. Aber jetzt musst du deinen Verstand einschalten, schau nicht in mein Gesicht, schau auf meinen großen Onkel. Er ist es, der dir alles erzählen wird, er ist meine Stimme, mein Sprachrohr. Mit seiner Hilfe werden wir die Mörder überführen, und ja, auch mich werden wir vielleicht retten, wer weiß? Wir haben keine Zeit zu verlieren, jeden Augenblick kann Agnes zurückkommen oder Erwin. Den Rest eines Verdachtes wird er hegen, glaub mir, er ist ein völlig rücksichtsloser Hund. Er wird dich aus dem Zimmer werfen, ganz bestimmt wird er das. Und dann ist es aus, endgültig aus! Morgen kommt er mit der dritten Spritze, das wird die letzte sein.

Langsam, ganz langsam dreht Katja ihren Kopf, schaut zu meinem Fußende hinunter. Ich wackle, wie ich noch nie gewackelt habe. Endlich! Sie scheint die Bewegung unter der Bettdecke zu bemerken. Mit einer raschen Handbewegung legt sie mein rechtes Bein frei. Uff! Gott sei Dank! Ich wackle weiter, probiere es wieder mit meinem Begrüßungs-Code, zweimal wackeln, kurz pausieren, zweimal wackeln. Erschrocken schaut sie mich an.

Erschrecke nicht, Liebes! Du kannst deinen Augen trauen, du irrst dich nicht, egal, was dein Oberarzt dir einreden will. Stell mir eine Frage, komm, stell mir eine Frage.

»Kann es wirklich sein, hören Sie mich?«

Ich wackle, wackle freudig.

»Sind Sie Ludwig Papenstiel?«

Wieder wackle ich. Gut so! Weiter!

»Oder heißen Sie vielleicht Müller?«

Super Katja! Du bist nicht nur die hübscheste, du bist auch die klügste aller Krankenschwestern! Mucksmäuschenstill wird mein großer Zeh, steif wie ein Eiszapfen.

»Sie verstehen mich tatsächlich?«, fragt sie und atmet tief durch.

Ich wackle wie ein Weltmeister. Jetzt können wir anfangen, jetzt musst du nur die richtigen Fragen stellen.

»Das darf aber nur ich wissen«, sagte sie mehr zu sich selbst als zu mir.

Ich wackle.

»Aber warum?«, fragt sie, bemerkt aber sogleich ihren Fehler.

»Oberarzt Hirschbein darf es nicht wissen«, korrigiert sie sich.

Ich wackle sehr lebhaft.

»Aber Oberarzt Hirschfeld ist doch Ihr Freund!«

Mein Zeh starrt stumm wie ein Erdmännchen zur Zimmerdecke empor.

»Er ist also nicht Ihr Freund. Er tut nur so, als sei er Ihr Freund.«

Ich wackle so grimmig mir das gelingen will.

In diesem Moment erschrecken wir beide. Die Tür wird aufgerissen. Zum Glück ist es nicht Erwin, es ist der Chefarzt höchstpersönlich. Was will der Chef bei mir? Ich bin doch kein Privatpatient. Er ist noch nie alleine gekommen. Er bleibt an der Tür stehen, hält sie auf und lässt eine Frau herein. Es ist Agnes. Als sie eingetreten ist, schließt er die Tür wieder.

»Bitte lassen Sie uns allein, Schwester Katja!«

Höre auf ihn! Bitte höre auf ihn! Wenn meine Frau nicht dabei wäre, dürfest du ihm alles erzählen, so aber ist es zu gefährlich. Sie braucht nur heimlich den Tropf aufzudrehen, und ich bin hinüber.

»Selbstverständlich, Herr Chefarzt«, sagt sie, doch bevor sie die Bettdecke zurückwirft, sagt sie noch wie zu sich selbst: »Ich gehe dann und komme später wieder.« Ganz leicht und unauffällig wackle ich ein letztes Mal. Als sie die Bettdecke zurückwirft, spüre ich, wie sie mir leicht über meinen Zeh streicht.

Katja, wie wunderbar du bist!

Der Chefarzt tritt an mein Bett, Agnes bleibt beim Fenster stehen, ich kann im Knickspiegel erkennen, dass sie ein geblümtes Kleid trägt. Wo hat sie das Kleid her? Ich kenne es nicht. Ist es neu? Hat Erwin ihr den Fummel gekauft?

Nachdem er sich auf bedeutsame Weise geräuspert hat, fängt der Chefarzt an zu sprechen.

»Ich bin Ihnen aufrichtig dankbar, dass Sie gekommen sind, Frau Papenstiel. Ich weiß, es ist nicht leicht für Sie, Sie sind eine wunderbar starke Frau.«

Agnes vergräbt ihr Gesicht in den Händen und fängt lauthals an zu schluchzen. Oh, wie falsch sie ist! Wie sie es versteht, auf Kommando zu weinen! Und wir Männer fallen noch drauf rein.

»Ich bin schuld«, schluchzt sie, »ich bin schuld, dass mein Mann im Koma liegt.«

»Aber Gnädigste, wie kommen Sie denn darauf?«

»Ich hätte ihn nicht allein lassen dürfen, nicht, nachdem die schreckliche Nachricht eingetroffen war.«

»Was für eine Nachricht?«

»Morgens kam der Anruf, dass seine Tante verunglückt ist, Tante Bertha. Sie war seine Lieblingstante und er ihr Lieblingsneffe. Die Todesnachricht ist zu viel für ihn gewesen. Er ist noch raus mit unserem Hund, ich hätte ihn nicht gehen lassen dürfen.«

Wie bitte? Was soll das jetzt, Agnes? Sag, dass das nicht wahr ist. Bertha, tot? Tante Bertha verunglückt? Was ist das jetzt wieder für eine neue miese Intrige.

»Liebe Frau Papenstiel, so ein Aneurysma kann jederzeit platzen, ganz ohne Ursache. Bei vielen platzt es schon viel früher, seien Sie dankbar, dass Sie so viele schöne Jahre miteinander genießen durften.«

»Das bin ich auch, Herr Chefarzt, das bin ich auch. Und doch mache ich mir Vorwürfe.«

»Das dürfen Sie nicht! Manchmal will es das Schicksal, dass auch in der schwersten Stunde ein Sinn liegen kann. Ihr Mann hat solch ein Glück gehabt, eine Frau wie Sie an seiner Seite gehabt zu haben, eine Gefährtin mutig und stark und voller Güte und Liebe.«

Was soll das? Was schmiert er ihr Honig ums Maul? Was redet er wie ein Pfarrer?

»Was ich Ihnen zu sagen haben, worum ich Sie bitten möchte, ist nicht leicht. Sie haben sich dankenswerterweise entschlossen, dem Willen Ihres Gatten zuzustimmen, seine Organe kranken Mitmenschen zur Verfügung zu stellen, die dringend darauf warten.«

Im Knickspiegel kann ich erkennen, wie Agnes nickt.

»Gut«, sagt der Chefarzt und räuspert sich erneut, »damit erweisen Sie Menschen in ausweglosen Situationen einen unglaublichen Dienst. Die Leber, die Lunge, die Nieren und auch das Herz Ihres Gatten, das noch in einem ausgezeichneten Zustand ist – viele todkranke Patienten gibt es, die Sie damit retten werden. Um was ich Sie noch bitten möchte, ist eine Formalie, die leider notwendig ist. Ich wünschte, ich müsste Sie nicht damit behelligen, aber die neuen Vorschriften machen das notwendig. Ich habe einen guten Freund in Stuttgart, er ist der Chefarzt der dortigen Urologie. Sie haben es vielleicht in der Zeitung gelesen, gestern ist es zu einem schrecklichen Unfall im Stuttgarter Zoo gekommen, in der *Wilhelma*. Ein Krokodil hat grausam zugeschnappt und einem Wärter die Genitalien abgebissen. Wären Sie vielleicht damit einverstanden …«

»Sie meinen …«

»Natürlich nur, wenn Sie sich das vorstellen können, Sie dürfen selbstverständlich nein sagen.«

»Aber Herr Chefarzt, natürlich bin ich einverstanden. Wenn man damit dem armen Menschen helfen kann.«

»Danke! Herzlichen Dank! Sie wissen gar nicht, was für ein Engel Sie sind. Bitte unterschreiben Sie hier!«

Ich höre das Kritzeln eines Stiftes auf einem Blatt Papier.

Das gibt es doch nicht! Agnes, du Luder. Alles, alles hätte ich dir zugetraut, aber dieses letzte Verbrechen nicht. Allein die Vorstellung! Wie kannst du mir das nur antun?

Ich versuche, ihr Gesicht im Knickspiegel zu erkennen. Als sich der Chefarzt umdreht, um zu gehen, erhasche ich einen kurzen Blick auf ihr Gesicht. Täusche ich mich, oder lag da ein Lächeln auf ihren Lippen? Wie diabolisch! Statt mit dem Chefarzt das Zimmer zu verlassen, lässt sie sich auf dem Stuhl nieder. Verdammt, Sie scheint entschlossen zu bleiben. Was mache ich nur? Wie soll Katja mir nun helfen?

Plötzlich wird mir alles klar. Deshalb haben die beiden so lange gewartet, mir die Todespille unterzujubeln, die mein Aneurysma hat platzen lassen! Es ist wegen Tante Bertha gewesen. Tante Bertha ist tatsächlich meine Tante, soweit hat Agnes die Wahrheit gesagt. Gelogen aber hat sie, als sie dem Chefarzt erzählte, sie hätte mir am Morgen meines Unglücktages von Tante Berthas Tod berichtet. Diese Nachricht hätte mir auch keinen Schrecken eingejagt, allenfalls einen freudigen. Tante Bertha ist nämlich stinkreich. Ihr gehört halb Büchenbach, die Felder vor Erlangens Toren, die schon lange bebaut werden sollen. Als kleinen Jungen hat sie mich jeden Sonntag über ihre Felder geführt und darüber geschimpft, dass die Nachbarbauern allen Grund verkaufen würden und die hässliche Stadt immer weiter heranrücke. Tante Bertha war immer schon recht störrisch, sie hat sich beharrlich geweigert, auch nur einen Quadratmillimeter ihres Grundes herzugeben. Unterdessen ist der Wert des Baulands immens in die Höhe geschnellt, und ich bin ihr einziger Erbe. Ich hab ihr nämlich als Einziger in der Familie versprochen, niemals auch nur ein Fleckchen zu verkaufen. Natürlich würde ich mich als Erbe nach ihrem Tode nicht mehr daran erinnern. Wie sagte schon Adenauer? »Was kümmert mich mein Geschwätz von gestern!« Und Adenauer war ein großer Staatsmann. Selbstverständlich würde ich verkaufen, ist doch auch völlig okay, wo sollen denn die jungen Familien alle wohnen? Mein soziales Herz würde sofort schwach werden. So bin ich eben! Tante Bertha also ist der wahre Grund für meinen Zustand. Die beiden Verbrecher haben mit dem Anschlag auf mein Aneurysma gewartet, bis Tante Bertha stirbt, weil sie mich ja noch als Erben brauchten. Sonst hätte den Baugrund irgendjemand anders bekommen, der Tierschutzverein vielleicht. Kaum aber war die Nachricht vom Tode Tante Berthas eingetrudelt, hat Agnes nichts Eiligeres zu tun gehabt, als meine Blutdruckpillen zu vertauschen. Nie war ich so wertvoll wie heute. Erbschleicher sind die beiden also auch noch, Agnes ist nun eine Millionenerbin. Unglaublich, einfach unglaublich! Und nun hockt sie bei mir im Krankenzimmer wie eine Kröte, spielt die trauernde Incoming-Witwe und will nur eines verhindern: dass Katja ihnen noch in die Quere kommt.

Die Tür öffnet sich. Statt Katja aber kommt Erwin. Sofort springt Agnes vom Stuhl auf und wirft sich ihm um den Hals.

»Ich bin so froh, dass du kommt«, höre ich sie sagen, »du glaubst nicht, wie furchtbar es für mich ist, mit der Hülle von Ludwig allein sein zu müssen.«

»Ist Schwester Katja noch mal da gewesen?«

»Schwester Katja? Sie war hier, als ich mit dem Chefarzt ins Zimmer gekommen bin.«

»Der Chef? Was wollte denn der Chef von dir?«

»Ach, es war nur wegen des Krokodils von Stuttgart, weißt schon, der unglückliche Wärter. Ob ich einverstanden bin, dass man sich bei Ludwig bedient.«

»Und bist du einverstanden?«

»Nur schweren Herzens. Die Leber und die Lunge, okay. Die Vorstellung aber, dass Ludwig auch in seinen Weichteilen weiterleben soll, behagt mir gar nicht.«

»Verdräng den Gedanken, wichtig sind jetzt nur wir zwei.«

»Ach Erwin, wann fliegen wir endlich in die Karibik? Das alles wird zu viel für mich. Und dann dieses schreckliche Geräusch immerzu, es geht mir nicht aus den Ohren, dieses brechende Knacksen … Immer sehe ich es dann vor mir, wie du Tante Bertha die Treppe hinunterstürzt.«

»Pst, Mäuschen! Nicht so laut! Das ist doch nur ihr Genick gewesen. Vermutlich hat sie an Osteoporose gelitten wie so viele alte Frauen. Dann hört es sich an, als wenn morsches Holz bricht, unangenehm, aber nicht zu vermeiden. Bis später! Halte durch! Und schau manchmal nach seinen Zehen. Nur so zur Sicherheit.«

Das schlägt doch dem Fass den Boden aus! Auch das noch. Nicht nur Gitte und mich, auch Tante Bertha hat die Mörderbande auf ihrem Gewissen. Die Tante, die arme Tante. Tante Bertha ist trotz ihres Alters noch rüstig gewesen, sie hätte locker noch zehn Jahre gelebt. So lang haben die Verbrecher offensichtlich nicht warten wollen, da haben sie nachgeholfen. Ich kenne die Treppe von Tante Bertha gut, eine äußerst steile Stiege, die noch dazu um die Ecke schwenkt. Ein Stoß, und die arme Tante war hinüber. Mir haben sie ihren Tod verschwiegen, egal, was Agnes dem Chefarzt gesagt hat. Vermutlich haben sie befürchtet, dass ich misstrauisch werden könnte. Da haben sie mich gleich miterledigt und sich so das Millionenerbe von Tante Bertha gesichert. Wie hat Agnes dem Chefarzt vorgejammert, dass sie schuld an meinem Tod sei! Das ist der Gipfel an Heuchelei gewesen. Natürlich ist sie schuld an meinem Tod, aber doch auf eine ganz andere, viel konkretere Weise.

Mit einmal beschleicht mich ein klammes Gefühl in der Magengegend. Was, wenn Erwin entschlossen ist, nicht bis morgen zu warten, sondern jetzt schon die dritte Giftspritze in den Kittel steckt? Dann werden ihre Taten für immer ungesühnt bleiben. Katja! Bitte Katja, komm! Ich brauche dich dringender denn je.

Die Zeit kriecht dahin. Neben meiner EKG-Kurve blinken auch die Stunden und Minuten auf. Der Countdown meiner restlichen Lebenszeit, wenn man so will. Wo bleibt Katja nur? Allein mit Agnes im Zimmer zu sein, ist einfach unerträglich. Im Knickspiegel hab ich beobachtet, wie sie Reiseprospekte aus der Tasche gezogen hat, alle mit Palmen und weißen Stränden auf der Titelseite. Nie hat Agnes mir gegenüber den Wunsch geäußert, in die Karibik zu wollen, die Urlaube im Bayerischen Wald und in Ruhpolding sind uns immer genug gewesen. Nie haben wir unsere Zeit mit Urlaubsplanungen verträdelt, jedes Jahr lief bei uns gleich ab. Ist doch auch schön, die Routine. Keine negativen Überraschungen mit den Unterkünften, jeder Weg und Steg sind einem vertraut. Jedes Jahr haben wir bei der Abreise schon fürs nächste Jahr gebucht. Allein schon wegen Ringo. Mit Hund wäre für uns keine Fernreisen infrage gekommen. Was will sie nur in der Karibik? Was macht sie dann mit Ringo? Will sie ihn etwa einschläfern so wie mich?

Zum Glück ist Erwin wieder verschwunden und mit ihm die dritte Spritze. Spätestens morgen aber wird er sie mir verpassen, mir bleiben höchstens noch 24 Stunden. Mit dem Zeh zu wackeln, traue ich mich nicht mehr, auch wenn Agnes nur Augen für die Karibik zu haben scheint. Sicher ist sicher. Wenn sie es wackeln sieht, ruft sie gleich nach Erwin, und die 24 Stunden verkürzen sich auf wenige Minuten. Katja, mein Schatz, bitte komm doch endlich!

Endlich geht erneut die Tür. Leider ist es Katja nicht, es ist Doktor Wingenfeld, der dunkle Lockenkopf. Er begrüßt Agnes mit allem Respekt, fragt sie nach ihrem Befinden. Schnell hat sie die Karibikprospekte in die Tasche gleiten lassen und mimt die tapfere Ehefrau. Selbstverständlich würde sie ihn seine Arbeit machen lassen, nein, nein, sie müsse jetzt ohnehin nach Hause, der Hund, er wisse schon … Damit verschwindet sie aus dem Zimmer.

Doktor Wingenfeld ist ein wirklich sympathischer junger Arzt, der seine Arbeit erkennbar liebt und ernst nimmt. Wie gut würde er zu Katja passen und wie wenig zu dieser eiskalten Hexe, dieser Jennifer. Wenn der junge Doktor nun auf die Idee käme, Schwester Katja ins Zimmer zu rufen, was für eine Chance würde sich dann auftun! Ich würde nicht zögern, sondern sofort anfangen zu wackeln. Zu Doktor Wingenfeld habe ich das vollste Vertrauen. Ob ich auch ihn einweihen sollte, ich meine, ohne dass ich auf Katja warte? Die Zeit läuft mir davon, ich muss mehr Risiko wagen. Also fange ich wieder an, mit dem Zeh zu wackeln. Dummerweise nur hat sich in der Bettdecke eine Falte gebildet, direkt über meinem rechten Fuß. Mein Zeh spürt keinen Widerstand. Wenn der Doktor die Decke nicht zurückschlägt, wird er nichts von meinen Lebenszeichen bemerken. Da kommt mir der Zufall zur Hilfe. Nachdem der Doktor meine Lungen abgehört hat, wirf er sein Stethoskop auf mein Fußende. Ich spüre, wie die Bettdecke meinen Zeh wieder erreicht, ja, zu meiner großen Freude sehe ich im Knickspiegel, wie auch das Stethoskop zu wackeln beginnt. Was für eine Chance! Ich wackle wie verrückt, doch der Doktor ist damit beschäftigt, mit einem Lupenlämpchen mein rechtes Ohr zu inspizieren. Kann er damit etwa erkennen, dass mein Gehör funktioniert? Sieht er Reaktionen meines Trommelfells? Warum hab ich mir nicht etwas medizinisches Basiswissen angeeignet? Ich bin zeit meines Lebens einfach zu gesund gewesen, um mich mit so etwas Langweiligem wie Krankheiten zu befassen. Nun wechselt er zum linken Ohr. Es kitzelt in meinem Gehörgang, ich könnte mich kringeln vor Lachen, aber nicht der kleinste Muckser verschafft mir Erleichterung.

Schau auf meinen Zeh und nicht in meine Ohren, lieber, guter Doktor! Du hast die einmalige Gelegenheit, dir den Nobelpreis zu sichern. »Die Zehensprache des Komapatienten«, *das wird einschlagen, wie eine Bombe. Schau endlich auf meine Füße, sieh, wie dein Stethoskop hüpft!*

Endlich! Endlich ist er mit meinen Ohren fertig! Er zieht den grauen Trichter von dem Ohrlämpchen, und steckt das Gerät in seine Brusttasche. Jetzt dreht er sich um, bestimmt will er jetzt nach seinem Stethoskop greifen. Ich wackle wie verrückt. In diesem Moment wird die Tür aufgerissen. Abgelenkt schnappt sich der Doktor sein Stethoskop und blickt zugleich auf. Mist! Chance vertan! Er hat es nicht bemerkt! Obwohl, vielleicht besser so.

Wer kommt denn da zu mir herein? Es ist Schwester Jennifer. Was für einen Kittel hat sie denn da an? Was soll so ein kurzes, enges Textil in einem Krankenhaus? Sie fährt sich durch die blonde Mähne und entschuldigt sich mit zuckersüßer Stimme für die Störung.

»Entschuldigen Sie, ich wollte bloß fragen, ob ich Ihnen zur Hand gehen kann. Vielleicht brauchen Sie ja jemanden, der den Patienten stützt, wenn Sie seine Reflexe testen.«

»Oh, das ist wirklich nett von Ihnen, Schwester Jennifer«, stotterte der Doktor dankbar, »wenn Sie gerade Zeit hätten …«

»Die Zeit nehme ich mir doch gerne«, säuselt die Schwester und wirft entschlossen die Bettdecke zurück, sodass meine Beine freigelegt werden.

Einen Moment überlege ich, wieder mit dem Wackeln zu beginnen, eine geheime Stimme aber warnt mich davor. So befehle ich meinem großen Onkel, Ruhe zu geben. Während mich Schwester Jennifer sonst genauso grob wie ihre dicke Freundin Schwester Trude anzufassen pflegt, geht sie heute ungewohnt behutsam mit mir um. Ich bin mir sicher, das habe ich nur der Anwesenheit von Doktor Wingenfeld zu verdanken. Mit großer Vorsicht greift sie sich mein rechtes Bein, knickt es ab und legt es über mein linkes Knie. Dabei lehnt sie sich weit und immer weiter vor, sodass ihr Ausschnitt tief und immer tiefer wird. Zugegeben, ihre Oberweite ist beeindruckend. Was aber hilft die beste Oberweite, wenn es an Charakter mangelt?

Lieber Doktor, du bist noch jung und unerfahren. Höre auf den Rat eines väterlichen Freundes. Fall nicht auf die falsche Ziege herein. Sie meint es nicht ehrlich, sie will dich nur mit raffinierten Tricks verführen. Schau auf meine behaarten Männerbeine und nicht in ihren Ausschnitt!

Natürlich schaut er doch in ihren Ausschnitt. Verstohlen zwar, aber doch unverkennbar. Die flüchtige Röte, die ihn befällt, verrät ihn. Auch schlägt er nicht gescheit auf meine Kniesehne, sondern haut knapp daneben. Schwester Jennifer beugt sich noch ein Stückchen weiter vor, feine rote Spitzen werden im Schlund ihres Ausschnitts sichtbar. Wieder schlägt der Doktor zu, wieder haut er daneben. Gott im Himmel, was soll das werden?

Verschwinde endlich, du blonde Sünde, und lass den

*Doktor seine Arbeit machen! Meine Füße liegen nackt
vor seinen Augen, wenn du nicht wärst, hätte ich schon
längst mit dem Zeh gewackelt.*

»Toll, wie routiniert Sie die Reflexe prüfen«, schnurrt
sie, »und das, wo Sie doch gerade erst bei uns angefangen haben. Stimmt ja gar nicht, was Katja erzählt …«

»So? Was erzählt sie denn?«

»Dass Sie immer danebenhauen würden …«

Dieses Miststück! Diese verlogene Kreatur! Erst der
Ausschnitt und jetzt macht sie auch noch Katja schlecht.
Hoffentlich glaubt er ihr nicht, niemals würde Katja so
einen Quatsch erzählen! Katja, ach Katja! Bitte komm
doch endlich, mein Engel, mit mir geht's dahin. Hilflos bin ich diesem Mörderpärchen ausgeliefert, Erwin
und meiner Frau. Tante Bertha haben sie die Treppe
hinuntergestoßen und auch Gitte, meine liebe Gitte,
haben sie heimtückisch ermordet. Ich bin ihr drittes
Opfer, und auch in mir ist kaum noch Leben. Wenn
du mir nicht hilfst, ist alles aus.

»Danke für Ihre Hilfe«, höre ich Doktor Wingenfeld sagen, als er sich verabschiedet, »ich dachte,
Schwester Katja wäre die Bezugspflegerin von Herrn
Papenstiel.«

»Oh, gern geschehen«, flötet Schwester Jennifer,
»Oberschwester Trude hat mich darum gebeten, mich
künftig um Herrn Papenstiel zu kümmern. Ich weiß
doch, wie Ihnen der Patient am Herzen liegt. Er benötigt ganz einfach besonders intensive Zuwendung!«

Tu das nicht! Tu das nie wieder! Fass mich nie wieder an!

Wie sie mir bei diesen Worten über das Bein gestrei-
chelt hat! Unerträglich, einfach unerträglich! Und wie
sie dem Doktor noch hinterherschaut und mit ihren falschen Wimpern klimpert! Un – er – träg – lich!

Die Tür fällt ins Schloss, ich bin mit Schwester Jenni-
fer allein. Und mit der Brummfliege! Die beiden Quäl-
geister passen wirklich gut zusammen. Während die
Schwester in gehobener Stimmung an meinem EKG-
Gerät herumdrückt, wagt sich die Fliege aus ihrem
Eck, umschwirrt mich mit drei Mal und landet dann
erneut auf meiner Nase. Mistvieh, verschwinde! Die
Fliege denkt nicht daran und beginnt stattdessen, ihren
Rüssel in eine meiner Poren zu bohren. Es sticht wie
der Teufel. Schwester Jennifer, fertig mit der EKG-
Justierung, wendet sich wieder mir zu und sieht die
Fliege. Ein breites Grinsen verzerrt ihr geschminktes
Gesicht. Schnell tritt sie zum Fensterbrett, schnappt
sich einen Gegenstand, der dort liegt, und kommt sie
vorsichtig näher. Als sie ausholt, erkenne ich, was sie
in der Hand hält: eine Fliegenklatsche! Noch bevor
ich einen Gedanken fassen kann, knallt die Klatsche
nieder. Der Schmerz ist nicht zu beschreiben. Interessiert beugt sich Schwester Jennifer zu mir nieder und
inspiziert meine Nase. Nach der Fliege wird sie vergebens suchen, die ist schon wieder in ihr Eck geflogen.
Schwester Jennifers Enttäuschung aber scheint sich in
Grenzen zu halten. Schwungvoll wirft sie die Klatsche
wieder aufs Fensterbrett und verlässt fröhlich pfeifend
mein Zimmer.

Ich neige nicht zu Depressionen. Hab ich das schon

gesagt? Nun aber packt auch mich der Blues, wie sehr ich mich auch dagegenstemme. Vorbei, alles vorbei! Diese Trude! Hat Katja von mir abgezogen und diese grauenvolle Jennifer zu meiner Pflegerin gemacht. Bestimmt steckt Erwin dahinter. Sein Misstrauen ist grenzenlos, er traut Katja nicht. Vielleicht aber liegt es auch an Doktor Wingenfeld. Vielleicht stimmt es, was Schwester Jennifer gesagt hat, vielleicht hat er mich wirklich ins Herz geschlossen. Und nun soll diese Jennifer die Chance nutzen, sich mit meiner Hilfe an den jungen Doktor heranzumachen. In was für einer Welt lebe ich? Vielleicht ist es wirklich besser, sich davonzumachen. Was will ich hier noch länger? Soll Agnes nur mit Erwin in der Karibik verschimmeln, sollen sie nur die Grundstücke von Tante Bertha verscherbeln. Wen kümmert das alles denn noch? Ich werde in meiner Kiste liegen und hab endlich meine Ruhe. 70 Jahre hab ich auf diesem Erdball verbringen dürfen, keine schlechten Jahre, ich gebe es zu. Viele schöne Momente habe ich genießen dürfen, die schönsten vielleicht mit meiner *Märklin*-Eisenbahn. Nun aber, wo ich hinter die Kulissen blicke, ödet mich alles an. Komm nur, Tod, du hast deinen Schrecken verloren. Nur um Katja täte es mir leid. Sie hat was Besseres verdient. Die beiden jungen Leute würden glücklich werden, sie und ihr Doktor, davon bin ich überzeugt. Wenn ich dafür noch sorgen könnte, pfeifend würde ich über den Jordan gehen. Aber auch das wird nicht geschehen, das Schicksal, das grausame, hat nichts übrig für die wahrhaft Liebenden.

Als ich schon alle Hoffnung fahren lassen will, aber geschieht etwas, womit ich nicht gerechnet hätte. Es gibt tatsächlich noch Wunder! Die Tür öffnet sich, öffnet sich rasch und voller Furcht und wird genauso schnell wieder geschlossen.

Schwester Katja! Liebe Katja! Ist es denn wahr? Du kommst tatsächlich zu mir zurück! Welche Mächte sich auch zwischen uns stellen: deine Liebe, dein Mitleid ist größer.

Sie verschwendet die Zeit nicht mit einer unnötigen Begrüßung, sie kommt gleich zur Sache, legt mein rechtes Bein frei. Ich merke, wie nervös sie ist, immer wieder blickt sie zur Tür. Hat sie sich heimlich zu mir geschlichen? Befürchtet sie, dass Schwester Trude sie erwischt oder, schlimmer noch, Erwin? Sie äußert kein Wort über die beiden. Liebe ich sie auch deshalb? Weil ihr nie ein böses Wort über die Lippen rutscht? Selbst über ihre schlimmsten Peiniger nicht. Wo sie doch allen Grund dazu hätte. Ach, Katja! – ich darf doch Katja sagen, sage es schon längst – frage nicht nach mir, frage nach dir und Doktor Wingenfeld, lasst mich euer Orakel sein, eure Liebeskassandra. Ist doch egal, was mit mir ist, was aus mir wird und – ja doch! – selbst was aus diesem Mörderpärchen wird, es spielt keine Rolle. Was aus der Liebe wird, darauf kommt doch alles an. Dass mit euch, mit dir und Doktor Wingenfeld die Liebe nicht ausstirbt auf unserem Planeten. Was wäre diese Welt denn noch wert ohne die Liebe? Bitte stell die richtigen Fragen, bitte Katja!

Was macht sie denn jetzt? Was zieht sie da aus der Tasche? Ein Zettel ist's, den sie hektisch entfaltet. Dann reißt sie zwei Klebestreifen von einer Rolle Leukoplast und befestigt den Zettel an meinem Bettgalgen.

Katja! Du bist genial! Warum bin ich nicht selbst darauf gekommen? Ein Morsealphabet! Welch wunderbare Idee, damit werden wir uns viel leichter tun als mit all der Fragerei.

»Können Sie den Zettel lesen?«, fragt sie mich mit besorgter Stimme.

Natürlich kann ich das! Ich wackle so fröhlich wie nie zuvor.

»Gut«, sagt Katja, »dann lassen Sie uns beginnen.«

Darauf zieht sie einen Notizblock und einen Bleistift hervor und nimmt neben meinem Bett Platz.

Auf geht's! Jetzt wird gemorst!

Wer beschreibt unseren Schrecken, als plötzlich die Tür aufgerissen wird! Schwester Trude steht in der Tür.

»Zum Henker, was wird das hier?«

Die arme Katja springt von ihrem Stuhl auf, reißt noch schnell den Zettel mit dem Morsealphabet ab und will aus dem Zimmer stürzen, als sich ihr Schwester Trude in den Weg stellt.

»Moment, Mädchen, nicht so eilig! Was ist denn das für ein Zettel?«

Katja will an ihr vorbei, aber Schwester Trude packt sie brutal, verdreht ihr den Arm, der Zettel fällt zu Boden. Mit hämischem Grinsen greift Schwester Trude danach.

»Ich dachte, vielleicht ist er ja noch gar nicht tot«, stammelt Katja, »ich dachte, vielleicht kann er uns noch Signale senden.«

»Signale senden?«, lacht Schwester Trude, und ihr Lachen klingt bedrohlich, »dir werden bald Signale gesendet werden, Signale von der Personalabteilung. Hiermit bist du bis auf Weiteres vom Dienst suspendiert, du dummes Ding!«

Ohne ein weiteres Wort zu sagen, läuft Katja aus dem Zimmer, Schwester Trude aber zieht ihr Handy aus der Tasche: »Herr Oberarzt? Entschuldigen Sie die späte Störung, aber ich dachte, das könnte Sie interessieren.«

Nun ist alles aus. Das ist das Todesurteil. Keine fünf Minuten später stürzt Erwin ins Zimmer. Überschwänglich bedankt er sich bei Schwester Trude. Nein, sie habe völlig richtig gehandelt, wer weiß, was diese Katja tatsächlich bei mir gewollt habe. Er würde sich sofort daranmachen, alle Infusionen zu überprüfen, nicht, dass an den Geräten manipuliert worden sei. Schließlich sei ich sein bester Freund.

»Ich würde meines Lebens nicht mehr froh, wenn er durch die Bosheit einer Krankenschwester Schaden erleiden würde. Danke, Schwester Trude! Sie haben mir und meinem lieben Freund wirklich einen großen Dienst erwiesen.«

Mit stolzem Lächeln verlässt die Oberschwester das Zimmer. Nun bin ich allein. Allein mit Erwin. Dicht tritt er an mein Bett heran, schaut mir scharf in die Augen und dann hinunter zum Fußende, wo mein rechter Fuß weiter nackt auf der Matratze liegt. Und dann höre ich ihn mit gepresster Stimme sprechen: »Kannst du etwa tatsächlich noch deinen Zeh bewegen?«

Oh, Erwin! Was bist du doch nur für ein Idiot!
Glaubst du wirklich, ich würde dir den Gefallen tun
und anfangen zu wackeln? Das ist das Letzte, was ich
dir antun kann, dass ich dich im Ungewissen lasse. Bring
mich nur um. Mein Tod wird kurz sein, aber lang deine
Grübelei. Nun mach schon, mach's kurz! Ich weiß doch,
was du da in deiner Kitteltasche stecken hast. Hol sie
schon raus, die dritte Spritze. Spritz mich tot, und dann
ab in die Karibik! Wenn du unter den Palmen liegst und
Agnes deine Brusthaare krault, aber soll dir mein letzter
Anblick nicht aus dem Sinn gehen, hörst du? Ich werde
dich verfolgen, noch über meinen Tod hinaus. Egal, wo
du bist, egal, wo du mein Vermögen verprasst, immer,
wenn es am schönsten ist, wird dein alter Freund Wig-
gerl auftauchen, wirst du in den Höllenschlund gestürzt
werden, in den Strudel böser Erinnerungen. Also los
jetzt, mach hinne!

Eines muss man ihm lassen. Er verwendet auf seine
Verbrechen die gleiche Sorgfalt wie für ganz gewöhnli-
che Patienten. Oder ob er bei mir sogar noch eine Spur
sorgfältiger ist? Wie er die Spritze prüft, wie er sie sorgfältig ans Licht hält. Wie er ein paar Tropfen hinaus-
rinnen lässt, bevor er zusticht. Dieses Mal aber spritzt
er nicht durch den Gummipfropf in die Infusionsflasche hinein, dieses Mal spritzt er das Gift direkt in den
Schlauch, der zu meiner rechten Ellenbeuge führt.

Oh, Erwin! Was ist mit deiner Angst, man könnte
dein Verbrechen bemerken, wenn man meine Organe
untersucht? Spielt das jetzt keine Rolle mehr? Weshalb
die Eile? Geht dir die Düse, ich könnte dich noch ver-

pfeifen? Oder willst du Scheusal meinen Tod tatsächlich
der armen Katja in die Schuhe schieben? Willst dich als
meinen Lebensretter darstellen, der alles getan hat, der
aber leider zu spät gekommen ist? Hast du das vor? Ist
das dein Plan B, falls man das Gift entdeckt?

Ich werde müde, so müde. Erwin schaut interessiert
zwischen mir und dem EKG hin und her. Die Herzkurve wird langsamer, und je langsamer die Herzkurve
wird, desto müder werde ich. Es ist Zeit, mich von der
Welt zu verabschieden. Das Letzte, was ich sehen muss,
ist die Fratze meines Mörders. Wenn ich doch die Augen
schließen könnte. Dann würde ich mir das Bild von
Katja vor Augen rufen, ihre sanften Rehaugen, ihr zar-
tes Gesicht. Katja, mein Engel. Ich würde sie anlächeln
und ihr von Herzen alles Gute wünschen! Vielleicht,
ja vielleicht darf sie ja Krankenschwester bleiben, und
vielleicht bekommt sie ihren Doktor doch. Wer weiß
schon, wie das Schicksal spielt, welche Wendungen es
für uns vorsieht. Für mich aber wird es keine Wendung
mehr geben, das Leben, es geht dahin. Um mich ist es
nicht schade, ich hab's nicht besser verdient. Ich bin
ein alter Sünder, die Sache mit Gitte hat mir den Hals
gekostet. Dafür muss ich jetzt zahlen, aber wenn das
der Preis ist, dann zahle ich ihn gerne. Sterben muss ich
sowieso, nun sterbe ich zwar als Sünder, aber doch in
dem Bewusstsein, dass in einer neuen Welt, so es eine
gibt, eine Frau auf mich wartet, die ich geliebt habe.
Und dieses Bewusstsein, auch wenn es eine fromme
Täuschung sein mag, lässt mich ruhig, ja fast fröhlich
werden.

Ade, Katja, ade, Ringo! Ihr seid die Einzigen, die mich auf dieser Welt vermissen werden.

Bin ich schon im Himmel? Oder was ist hier los? Blendend hell wird es mit einem Mal, ich höre Stimmen rufen, lebhaft wird's um mich herum, Katja lächelt mich an. Sie ist es tatsächlich. Meine Katja, mein Engel! Jetzt ist es sicher. Ich bin im Himmel. Was aber soll der Schlauch, der aus meinem Arm gerissen wird? Die dunklen Locken kenne ich doch. Es ist Doktor Wingenfeld, Katja assistiert ihm. Er sucht eine neue Vene, setzt mir eine Spritze, die Müdigkeit nimmt plötzlich wieder ab, ich werde wieder wacher, das EKG beginnt wieder munter zu schlagen. Ich bin noch nicht im Himmel, ich bin noch lebendig! Gibt's denn das? Hölderlin hatte doch recht: »Wo aber Gefahr ist, wächst das Rettende auch!«

Katja! Und Doktor Wingenfeld! Und Mütze, mein alter Kumpel Mütze! Katja hat ihn tatsächlich geholt, so, wie ich es ihr gemorst habe. Mütze, Kriminalkommissar Mütze ist gekommen. Was aber ist mit Erwin los? Was hält er seine Hände so komisch? Sie haben ihm Handschellen angelegt! Mütze beugt sich besorgt über mich.

»Hörst du mich? Ludwig, hörst du mich?«

Ich verstehe und wackle mit dem Zeh. Erwin schreit entsetzt auf, und noch jemandem entfährt ein Schrei, einer Frauenstimme. Agnes! Ich erkenne sie erst jetzt im Knickspiegel. Auch ihr hat man Handschellen angelegt. Sauber, sauber! Gut gemacht, Mütze. Gut gemacht, Katja. So wird die Gerechtigkeit doch noch siegen.

Nachdem er alle aus dem Zimmer geschickt hat und zwei uniformierte Beamte das Gaunerpärchen abgeführt haben, geht Mütze mit mir noch mal alles durch, die ganze Geschichte, Punkt für Punkt. Sein Kollege Big-Chip, den ich flüchtig von einer Schafkopfrunde kenne, protokolliert alles mit. Wieder hängt das Morsealphabet über meinem Bett, ich brauche kaum mehr hinzuschauen, die häufigen Buchstaben weiß ich längst auswendig. Mein Hirnkasten, er funktioniert noch einwandfrei. Selbst neues Wissen kann er aufnehmen und anwenden. Nur selten wird einer der von mir gemorsten Buchstaben von den Kommissaren falsch verstanden, sogleich erfolgt die Korrektur. Nichts lasse ich aus, bleibe aber stets sachlich dabei. Schon aus Eigennutz. Schließlich will ich meinem Zeh keinen Krampf zumuten.

Innerhalb einer knappen Stunde helfe ich der Polizei dabei, drei Mordfälle aufzuklären, zwei vollendete Morde und einen Mordversuch. Die arme Gitte wird man exhumieren, das kann ich ihr leider nicht ersparen. Gitte wird es mir nachsehen, wird sie doch durch das Gift, das man in ihrem Körper nachweisen wird, ihren Mann Erwin als Täter überführen. Schwieriger wird es mit Tante Bertha, aber ich bin überzeugt, Mütze wird in ihrem Haus Spuren finden, die die Täterschaft von Erwin und Agnes beweisen werden. Und der Mordversuch an mir, nun, den nachzuweisen, wird die leichteste Übung für Mütze sein. Die blutdrucksteigernde Pille, die mein Aneurysma hat explodieren lassen, diese nachzuweisen wird schwierig werden, das Gift der drei

Todesspritzen in meinem Körper jedoch wird für sich sprechen.

Mütze verabschiedet sich herzlich von mir, nicht ohne mir alles Gute zu wünschen. So hat die Gerechtigkeit doch noch gesiegt. Das aber habe ich nur einem Menschen zu verdanken.

Katja! Als Mütze und Big-Chip gehen, kommt Katja mit Doktor Wingenfeld ins Zimmer. Es scheint, als hätten die beiden draußen auf dem Flur gewartet, um sich so bald als möglich wieder um mich kümmern zu können. Wen aber haben sie dabei! Das gibt es doch nicht! Ringo bellt zweimal freudig auf, dann macht er einen Satz und springt auf mein Bett, um mir mein Gesicht abzuschlecken. Was für eine Freude! Auch Katja und der Doktor müssen lachen. Und während sich Katja daran macht, meinen Kopf höher zu betten, küsst sie der Doktor heimlich in den Nacken. Ich sollte es wohl nicht mitbekommen, aber meinem Blick in den Knickspiegel entgeht nichts. Küsst euch doch nur, küsst euch, so viel ihr wollt! Die Welt wird wieder heller. Denn wo kann es schöner sein als an einem Ort, an dem sich die Menschen lieben?

ENDE

Kommissar Mütze ermittelt:

1. Fall: Der Fall Fontane
ISBN 978-3-8392-2431-1

2. Fall: Der Fall Gloriosa
ISBN 978-3-8392-2809-8

**3. Fall: Max und Moritz –
Was wirklich geschah**
ISBN 978-3-8392-0049-0

4. Fall: Meeting mit Mord
ISBN 978-3-8392-0282-1

weitere:
Unser schönes Thüringen
ISBN 978-3-8392-2537-0

**77 versteckte Orte in
Berlin**
ISBN 978-3-8392-2788-6

GMEINER SPANNUNG

WWW.GMEINER-VERLAG.DE
Wir machen's spannend

Carlos Ávila de Borba
**Commissario Conti
und der Tote im See**
Kriminalroman
315 Seiten, 13,5 x 21 cm,
Premium-Klappenbroschur
ISBN 978-3-8392-0241-8
€ 17,00 [D] / € 17,50 [A]

Während einer morgendlichen Bootsfahrt zur Isola del
Garda entdeckt eine Familie einen unter der Wasser-
oberfläche treibenden Körper. Offenbar handelt es sich
bei dem Toten um einen Ranger aus Tignale, der im
Naturpark Gardasena arbeitete. Zur gleichen Zeit wird
am Brenner ein Transporter kontrolliert, der illegal eine
riesige Trüffelmenge nach München liefern soll. Luca
Conti, der gerade seinen letzten Lehrgang zum Kom-
missaranwärter absolviert, glaubt an eine Verbindung
zwischen den Fällen und beginnt auf eigene Faust zu
ermitteln ...

SPANNUNG

GMEINER

WWW.GMEINER-VERLAG.DE
Wir machen's spannend

Norbert Klugmann
**Bitte parken Sie nicht
in unserem Schaufenster**
Roman
283 Seiten
12,5 x 20,5 cm, Paperback
ISBN 978-3-8392-0237-1
€ 14,00 [D] / € 14,40 [A]

Dutzende Male kam es in der Waitzstraße zu
spektakulären Unfällen beim Ein- und Ausparken.
Fast immer saß ein betagter Mensch am Steuer, der
nächste Crash liegt stets in der Luft. Er rauscht in ein
Schaufenster oder prallt gegen eine Hauswand. Alle
Schutzmaßnahmen versagen.

Doch dann der Bums in Poppenbüttel. Ein Pen-
sionär im SUV brettert in den Eingang eines Kauf-
hauses. Konkurrenz für Othmarschen! Was die im
wilden Westen können, können sie in Poppenbüttel
auch. Von wegen »gebrechliche Senioren« – mit den
mobilen Rentnern muss man jederzeit rechnen.

GMEINER SPANNUNG

WWW.GMEINER-VERLAG.DE
Wir machen's spannend

Andy Neumann
Zehn
Thriller
384 Seiten
12,5 x 20,5 cm, Paperback
ISBN 978-3-8392-0318-7
€ 12,00 [D] / € 12,40 [A]

»Er starrte träumerisch aufs Wasser und versenkte
sich ein weiteres Mal in die Gewissheit, ein Leben
ausgelöscht zu haben. Ihm war endgültig klar, dass es
seine Bestimmung war. Sein Schicksal!«

Jahrelang zieht ein Serienmörder eine Blutspur
durch Deutschland. Seine Taten haben nur eines
gemeinsam: Sie sind nicht aufzuklären. Es gibt kein
Muster, keine Zeugen, kein erkennbares Motiv, keine
Verbindung zwischen den Opfern. Die Mordkom-
mission ist hilflos. Kann der Journalist Niessen den
Mörder stoppen? Sein Instinkt führt ihn auf einen
Kreuzzug, an dessen Ende die Story seines Lebens
wartet – oder der Tod.

GMEINER SPANNUNG

WWW.GMEINER-VERLAG.DE
Wir machen's spannend

DIE NEUEN Lieblings-Plätze

ISBN 978-3-8392-0154-1 — AM INN

ISBN 978-3-8392-2730-5 — AUGSBURG UND BAYERISCH-SCHWABEN

ISBN 978-3-8392-0155-8 — FÜNFSEENLAND

ISBN 978-3-8392-0158-9 — HARZ

ISBN 978-3-8392-0160-2 — mit Hund NORDSEEKÜSTE NIEDERSACHSEN

ISBN 978-3-8392-0159-6 — LÜNEBURGER HEIDE

ISBN 978-3-8392-0161-9 — NIEDERRHEIN

ISBN 978-3-8392-0163-3 — OSTSEE MECKLENBURG-VORPOMMERN

ISBN 978-3-8392-0164-0 — OSTSEE SCHLESWIG-HOLSTEIN

ISBN 978-3-8392-2626-1 — SACHSEN

ISBN 978-3-8392-0156-5 — BODENSEE

ISBN 978-3-8392-0157-2 — Für Senioren NORDSEE SCHLESWIG-HOLSTEIN

ISBN 978-3-8392-0166-4 — SÜDLICHE WEINSTRASSE UND PFÄLZERWALD

ISBN 978-3-8392-0166-4 — SÜDTIROL

ISBN 978-3-8392-2838-8 — USEDOM

ISBN 978-3-8392-0168-8 — WIESBADEN RHEIN-TAUNUS RHEINGAU

GMEINER KULTUR

WWW.GMEINER-VERLAG.DE
Mensch, Kultur, Region